novum  pro

Bertalan Csilla

HALLGATÁS A MÚLTBAN

novum pro

Ez a könyv
e-könyvként
is elérhető

www.novumpublishing.hu

© 2021 novum publishing

ISBN 978-3-99107-329-1
Lektor: Sósné Karácsonyi Mária
Borítóképek: Jessicahyde,
Katarzyna Bialasiewicz | Dreamstime.com
Borító, tördelés & nyomda:
novum publishing

www.novumpublishing.hu

Prológus

Egy fiatal nő bolyong a világban, elveszve saját fantáziájában, keresve önmagát.

1. FEJEZET

Sokat gondolkodtam azon, hogy mi lett volna, ha másképpen alakul az életem. Nem lenne most itt mellettem a párom, aki nélkül nem tudom, hogy vészeltem volna át a sok rossz dolgot, ami történt velem. Mindennap hatalmas, barna szempárral találkozik a tekintetem, amikor reggel kinyitom a szemem. Ránézek, és késztetést érzek arra, hogy beletúrjak rövid, sötét, dús hajába – erre a reakciója mindig egy kedves félmosoly. Mikor megölel, a karjai közt biztonságban érzem magam. Amikor ajkaink összeérnek, akkor érzem igazán, hogy létezem; csókja éget, forró érzés járja át a testemet. Szeretem őt, teljes szívemből.

Ám a mai nap máshogy kezdődött. Csak feküdt mellettem, és nem szólt hozzám.

– Valami baj van? – kérdeztem izgatottan, de nem hangzott el rá a válasz.

Továbbra is csak feküdt mozdulatlanul. Végig csak azon töprengtem, mi történhetett, hogy hirtelen így viszonyul hozzám, de úgy döntöttem, nem foglalkozom ezzel a helyzettel, minden rendben lesz. Felkeltem az ágyból, kinéztem az ablakon, s a Nap sugarának látványa kellemes érzéssel töltött el. Majd sziréna hangja törte meg a csendet.

Milyen jó lenne ilyen szép időben kézen fogva sétálni egy kicsit Benett-tel!

– Szívem! Nem megyünk ki egy kicsit a levegőre? – kérdeztem mosolyogva. Nem kaptam rá most sem választ.

Mikor megfordultam, már nem feküdt az ágyon. Gondoltam, lehet, hogy kiment a konyhába. Kérdezgettem, merre van.

Miért nem felel? Nem kaptam visszajelzést. Körbejártam az egész lakást, azután mire visszaértem a hálószobába, meglepő módon ott ült az ágyon. Elnevettem magam – ügyesen megtréfált. Elindultam felé, ám egyszer csak a fejembe hasított valami

7

ismeretlen fájdalom. Le kell dőlnöm egy kicsit. Szédültem, és szép lassan elhomályosodott előttem minden.

– Szeretném, ha itt maradnál mellettem és fognád a kezem – kértem rá Benett-tet. Egyszer csak odafeküdt mellém, szorosan magához ölelt és azt mondta:

– Szeretlek, és mindig itt leszek veled.

– Én is szeretlek, és ezen az érzésen soha semmi nem változtathat – suttogtam a fülébe, majd becsuktam a szemem, és próbáltam elaludni. A fájdalom a fejemben azonban nem akart megszűnni. Megnehezítette a gondolkodásomat, valamiért nem tudtam a jelenre koncentrálni. A kezeim furcsa módon remegtek, és szörnyű gondolatok jártak a fejemben.

Másnap reggel jó hangulatban tértem magamhoz.

Felkeltem, és akkor már tudtam, hogy ez csak egy rossz álom volt.

– Miért nem keltettél fel korábban, drágám? – kérdeztem fáradtan lehajtott fejjel.

– Nem tudtam, hogy mikor akarsz felkelni – válaszolta.

Már nagyon régóta nem mozdultam ki a házból, és – az igazságot megvallva – nem is volt hozzá kedvem. Az azért megfordult a fejemben, hogy az anyukámat meg kéne látogatni. Szerencsére nem lakott olyan messze, csak két háztömbnyire. Egy egyszerű, sportos öltözéket választottam ki erre a találkozóra, hiszen anyukám mindig megdicsér, még ha igazából nem is nézek ki jól, vagy éppen kócos a hajam. Elindultam az ajtó felé, majd megint visszatért a fejembe hasító fájdalom. Mi történik velem?

Minden elsötétült, s egyszer csak elájultam. Valamivel később arra eszméltem, hogy egy ismeretlen női hang a nevemen szólongat.

– Svetlana, mi van magával?

Ezt sokszor megismételte, ám engem még mindig az foglalkoztatott, hogy mit keres a lakásomban. Jobb lesz, ha magamhoz térek...

Amint kinyitottam a szemem, ismeretlen kék szempár figyelt engem ideges tekintettel.

– Ki maga? Mi történt? – kérdeztem zavartan.

8

– Ja, különben meg szólítson csak Lanának! – fűztem hozzá idegesen.

– Maria rendőrnyomozó vagyok. Az történt, hogy már két napja nem válaszolt az édesanyja üzeneteire, amiből ő azt feltételezte, hogy ön eltűnt.

– Végig ebben a házban tartózkodott? – kérdezte meglepett tekintettel a rendőrnő.

– Igen, a barátommal – válaszoltam.

– Hol van most a barátja? Mit dolgozik? Miért csak az édesanyja érdeklődött maga felől? Vannak barátai? -tette fel a kérdéseket levegővétel nélkül.

Közbevágva válaszoltam:

– Nem tudom! Ne tegyen már fel ilyen sok kérdést! Mint látja, élek.

– Igyon egy pohár vizet, bizonyára már nagyon kiszáradhatott – mondta a rendőrnő.

– Megtenné, hogy abbahagyja a parancsolgatást? – kérdeztem zaklatott állapotban. Majd hirtelen valami furcsa érzés kapott el, és ott volt előttem Benett. Láttam, hogy nagyon aggódik értem. Hatalmas mosoly kerekedett az arcomon, ahogy megláttam őt. Megkérdeztem, mi történt az előbb; olyan volt, mintha más is lett volna az imént nálunk.

Rám nézett és azt mondta:

– Drágám, csak álmodtál. Én itt voltam melletted végig, és semmi különös dologra nem lettem figyelmes. Csak emlékeznék rá, ha járt volna valaki nálunk – nyugtatgatott Benett.

– Igazad van – feleltem.

– Gyere, menjünk el vacsorázni! – mondta Benett.

– Oké, menjünk! Végre egy kicsit kimozdulunk a négy fal közül – mondtam, közben megsimogattam az arcát, majd elkezdtem készülődni. Szerettem volna nagyon tetszeni életem párjának. Ezért mindent bevetettem, hogy levegyem a lábáról.

Feszülős, testhez álló, térdig érő, egyberészes, kék színű ruhára esett a választásom. Szolid sminket tettem fel, de szeretem kiemelni nagy, barna szemeimet, ezért sötét szemceruzával kihangsúlyozom őket.

Telt ajkaimhoz igazán jól passzolt a vörös rúzs, sötét hajam viszont már elég hosszú volt, a derekamig ért – úgy éreztem, elég, ha csak megfésülöm, és két oldalt egy csattal összetűzöm. Jól jön ilyenkor a magassarkú, találtam is egy párat a szekrényemben. Ezt csak ilyen különleges alkalmakra tartogattam. Fekete színű. Naná! Ez a szín sosem megy ki a divatból.

– Szívem!

– Elkészültem! – kiáltottam fel izgatottan.

– Mehetünk? – kérdezte Benett.

– Igen – válaszoltam, és közben kisétáltam a fürdőszobából. Ránéztem, és láttam az arcán a meglepődést.

– Csodálatosan nézel ki! – mondta, huncut mosollyal Benett. Megköszöntem, és közelebb léptem hozzá. Mindkét kezem az arcára helyeztem, majd megcsókoltam az ajkát. Szenvedélyes volt ez a pillanat.

Megfogta a kezem, és úriember módjára kivezetett a házból. Elindultunk végre. Nem szerettem volna elrontani ezt a romantikus estét, ezért meg sem kérdeztem, hova megyünk vacsorázni. Benett tudta, hogy nagyon szeretem a meglepetéseket, bizonyára ezért is nem árulta el előre az étterem nevét.

Milyen érdekes, hogy az emberek csak napközben mutatkoznak, és eltűntek az este beköszöntével… Néhány autó járt csak az utakon. Megfigyeltem, hogy egy ínyenc étterem felé közeledünk.

– Drágám! A Spicy Delicacy-be hoztál? – kérdeztem izgatottan.

– Igen, nem tudtad, hogy ez Riemghcityben a legjobb hely? – kérdezte meglepett arccal.

– Most már tudom – válaszoltam.

– Szeretnél máshova menni? – kérdezte.

– Nem. Nekem igazából csak az a fontos, hogy veled legyek – jelentettem ki mosolyogva.

Kinyitotta nekem az ajtót. Mikor beléptünk, az emberek alaposan szemügyre vettek minket. Furcsán néztek rám, mintha szellemet láttak volna. Megfordultam, és egyszer csak azon kaptam magam, hogy egyedül vagyok.

– Svetlana! Kislányom, mi van veled? – szólongatott édesanyám kétségbeesetten. De egyáltalán hogy kerül ide? És én miért fekszem egy kórházi ágyon? Mi történik itt? Rengeteg gondolat keringett a fejemben, és már megint ez a rémes fejfájás. Vettem a bátorságot és megkérdeztem:

– Anya, válaszolj őszintén, hol van Benett?

– Jaj, kislányom, miért csinálod ezt? – kérdezte zokogva.

– Miről beszélsz, anya? – kérdeztem zaklatottan.

– Idehívom a doktor urat – mondta, és kiment a szobából. Majd hallottam, hogy jön valaki.

– Jaj, ne... ez a rendőrnő – mormogtam az orrom alatt. Szerencsére nem érdekelte a véleményem.

– Lana! Minden rendben? Jól van? – kérdezte idegesen. Na, legalább megjegyezte, hogy szólítson.

– Igen, jól vagyok, csak nem értem, hogy kerültem ide – válaszoltam elkeseredetten.

– Egy étterem előtt állt egyedül, majd összeesett, ezért kihívták magához a mentőket. Sajnos az orvos eddig még nem tudott mit mondani a történtekről – mondta Maria.

– Miért nem? – kérdeztem erélyesen.

– Aludjon egyet, majd megtudja a választ – jelentette ki a rendőrnő. Abban a pillanatban Benett érkezett meglátogatni, és közölte, hogy hazavisz.

– Hol voltál eddig? Miért hagytál ott az étteremben? – kérdeztem remegő hangon.

– Ott voltam veled, és én hozattalak be a kórházba – felelte.

– Akkor miért nem ezt mondták nekem? – kérdeztem könynyes szemmel.

– Nem akarják, hogy együtt legyünk – válaszolta lesütött szemekkel Benett.

– Ezt hogy érted? Miért mondod most ezt nekem? – kérdeztem suttogva.

Ekkor berontott a szobába egy fehér ruhába öltözött, nagydarab, magas, kopasz férfi, akinek merev tekintetétől kirázott a hideg. Nem mondott semmi mást, csak azt, hogy mehetek haza. Furcsa ez a doki... mi is a neve? Hm... Be sem mutatkozott, és milyen ellenséges! Úgy látom, senki nem örül annak, hogy Benett-tel boldogok vagyunk.

– Na, gyere, siess, drágám, öltözz fel és menjünk haza – utasított Benett.

– Rendben, igyekszem – feleltem félmosollyal az arcomon. Remélem, meg fogja érteni, hogy nem szeretnék már többet kimozdulni a lakásból.

Miközben kézen fogva lépkedtünk kifelé a kórházból, az orvosok és az ott lévő többi beteg elképedve nézett ránk, pedig csak egy szerelmespár sétált el mellettük. Nem is értettem, miért kell így megbámulni. Mit vehettek észre rajtam vagy Benetten? Remélem, többé nem kell ide jönnöm...

Hazafelé menet mégis csak ez járt a fejemben, nem tudtam másra gondolni. Útközben összetalálkoztam egyik munkatársammal, Amy-vel, aki közölte velem, hogy el fognak bocsátani az esküvőiruha-szalonból, ha nem vagyok hajlandó jelezni, hogy nem tudok bemenni dolgozni.

– Amy! Holnap már megyek.

– Valamilyen módon le fogom igazolni a hiányzásomat, mondd meg a főnöknek! – jelentettem ki határozottan.

– Rendben, Lana, de ha nem jössz, akkor kereshetsz új munkát – mondta felfuvalkodottan.

– Oké, megértettem – válaszoltam gúnyosan. Elköszöntünk egymástól, majd visszanézett, mikor meghallotta, hogy Benett-tel róla beszélünk.

– Lana, biztos, hogy jól vagy? – kérdezte zaklatottan.

– Igen, csak Benett... – kezdtem volna a magyarázkodást, mikor hirtelen félbeszakított:

– Jaj, igen, ne is mondd! Sajnálom, lehettem volna együttérzőbb veled – jelentette ki Amy.

– Öö... Nem értem, mire gondolsz – válaszoltam nevetve.

Ekkor rám nézett és annyit mondott, ne legyek sokat egyedül, mert az nem tesz jót.

– Persze, persze – válaszoltam gúnyosan, majd ismét elköszöntünk. Szerencsére nem szólt újra utánam.

Benettel elkezdtünk a közös jövőnkről beszélgetni, hiszen már 6 éve, hogy együtt vagyunk, és még nem esett szó az esküvőről, pedig már megállapodhatnánk. Ezután hirtelen témát váltott, épp, mikor hazaértünk. Belekezdett a gyermekkori emlékeibe, majd elcsukló hangon kijelentette, hogy ő nem szeretne esküvőt, mert a szülei esetében rossz példát látott a házasságról. Ezért kérte, hogy ne hozzam fel többet ezt a témát, mert... Félbeszakítottam.

– Nem fogsz elvenni soha? – kérdeztem kétségbeesetten.

– Nem tudom – válaszolta. – Miért erőlteted ennyire? – kérdezte idegesen.

– Mert kislánykorom óta álmodozom arról, hogy egyszer én is gyönyörű hercegnőnek érezhetem magam. Hófehér, hatalmas, terebélyes menyasszonyi ruha fonná körül a testemet. Mindenki engem nézne, és mikor feléd sétálnék, kiugrana a szívem a helyéről. Mikor az oltár elé érnék, megszűnne körülöttem az egész világ, csak te léteznél számomra. Abban a percben, ha rám néznél, csak azt érezném, hogy most már teljes az életem, és azért a pillanatért bármit megadnék, hogy örökké tartson. Megfogtam a kezét és csak annyit mondtam: a mi szerelmünk bármire képes. Benett könnyes szemekkel nézett rám.

– Drágám, te sírsz? – kérdeztem meglepett arccal. Nem válaszolt rá semmit, még mindig csak csendben állt előttem, mintha mondani akarna valamit, de nem jött ki egy hang sem a torkán. Ott álltunk a házunk előtt, és csak néztük egymást.

– Gyere, menjünk be a házba! – mondtam, és közben kinyitottam az ajtót.

Másnap reggelig egymáshoz sem szóltunk. Úgy éreztem, valahogy meg kell törnöm a csendet.

– Jó reggelt! Kérsz egy kávét? – kérdeztem izgatottan.

– Hát igen, jólesne, köszönöm – válaszolta.

Valami nagyon megváltozott köztünk. Néhány napig ez így ment: mintha idegenek lettünk volna egymás számára. Majd egyszer – egy májusi estén – gyertyafényes vacsora várt az asztalon a konyhában. Amikor Benett meglátott, felállt a székből, odasétált hozzám, letérdelt elém és megfogta a kezem.

– Hozzám jössz feleségül? -tette fel a nagy kérdést.

– Igen! – kiáltottam fel. – Minden vágyam, hogy a te feleséged legyek – fűztem hozzá könnyes szemekkel. A világ legboldogabb emberének éreztem magam, de ez nem tartott sokáig. Mikor meg akartam ölelni, édesanyám hangjára lettem figyelmes, ahogy zokog, majd megint minden elsötétült. Visszatért a fejembe a hasogató fájdalom is, egyre erősebben éreztem, már annyira, hogy nem tudtam türtőztetni magam tovább.

– Hagyd abbaaa! Elég máááár! Nem bírooom! – ordítottam fel, majd kezeimet a fejemhez igyekeztem szorítani, és azon kaptam magam, hogy megint kórházban vagyok, ahol egy orvos nézi, ahogyan szenvedek, és nem tesz semmit, csak folyamatosan figyeli minden mozdulatomat. Édesanyám az arcát kezeibe temette és sírt, egyre keservesebben. Megpróbáltam megnyugtatni. Nem jártam sikerrel; valami nagyon nyomta a lelkét.

Egyszer csak kopogtak. Sejtettem, hogy ki lehet az...

– Maria rendőrnő, maga az? – kérdeztem széles mosollyal az arcomon, miközben valami próbálta szétszedni belülről az agyamat.

– Jó napot, Lana, igen, magához jöttem látogatóba – válaszolta a rendőrnő.

– Jó napot! Képzelje, már vártam, mikor jön újra meglátogatni. Talán már csak maga áll mellettünk – mondtam. Anyám fogta magát és kiment a szobából.

Nem várta meg, míg Benett is bejön hozzám. Nem is értem, mi ütött belé, most akartuk bejelenteni az eljegyzésünket.

– Svetlana! – szólított meg az orvos, zöldeskék szemeit rám szegezve. – Most be kell adnom önnek egy altatót – mondta, és közben kiküldte Mariát.

– Először is, ki maga? – kérdeztem.

– Doktor Anton Federov, de szólítson csak Antonnak. Hölgyem, ne ijedjen meg, de ez már a tizenkettedik alkalom, hogy bemutatkozom önnek – jelentette ki, és közben belebökött a karomba egy injekciót.

– Vicces ember maga, doktor úr, de engem nem tud átverni. Átlátok magán. Ne féljen, ki fogom deríteni, hogy mi folyik itt – mondtam kissé kábult állapotban.

– Mit adott be nekem, doktor...? – majd hirtelen álomba merültem. Közben hallottam, ahogy Benett beszél hozzám.

– Ne félj, kicsim, itt vagyok melletted. Sajnálom, hogy a leánykérésnél nem volt nálam gyűrű, de most elhoztam neked – mondta. Megfogta a kezem, és felhúzta az ujjamra a fehérarany karikagyűrűt. Sírva fakadtam, nem tudtam szóhoz jutni, majd hirtelen Benett hangja elcsitult a fejemben. Kinyitottam a szemem – és senki nem volt a szobában. Egyedül éreztem magam. Végigsimítottam kezemmel az arcomon, és amikor a számhoz értek az ujjaim, éreztem, hogy cserepesek az ajkaim. Nyílik az ajtó, és... és elveszítem a testem felett az uralmamat. Hallom őt... Hallom, hogy jön már. Közeledik felém... Érzem, hogy rángatózni kezdek, és rettegve figyelem, ki lép be az ajtón.

– Jó reggelt. Hogy vagyunk ma? – kérdezi doktor Anton. Ohh, csak az a fehér ruhás férfi az... Megnyugodtam. De hiába minden, még most sem ismertem fel a doktor urat.

– Ki maga? Mit akar? – kérdeztem zaklatottan.

– Kisasszony, ne kezdjük elölről. Az a fontos, hogy én tudom, maga kicsoda, és segítek legyőzni ezt az állapotot, amiből nem tud egyedül kigyógyulni – magyarázta az orvos. Nem értettem, miről beszél, de sikerült megnyugtatnia. Elmúlt a rángatózásom is.

– Nem szeretne sétálni egyet az épületben? – kérdezte a doktor úr.

– De igen – válaszoltam elcsukló hangon. Lassú mozdulatokkal lemásztam az ágyról. Amikor a lábam a földhöz ért, megszédültem. A doktor lassan kivezetett a szobából. Nagyon sok embert láttam, akik furcsán grimaszoltak, míg más csak vigyorgott, közben folytak a könnyei. Megrémített ez a látvány – úgy éreztem, én ugyanígy nézhetek ki.

– Van itt valahol egy tükör? – kérdeztem. – Látni akarom az arcomat! – kiáltottam fel. A doktor úr nem szólt semmit, csak egy tükör elé vezetett. Meglepő módon nem láttam magamon semmi olyan elváltozást, mint a többi emberen. Nem tudtam csendben maradni, meg kellett kérdeznem:

– Miért van ez, doki?

– Mert maga már a gyógyulási fázisban van – válaszolta.

– Ez azt jelenti, hogy nemsokára mehetek haza Benetthez? – kérdeztem zaklatottan, miközben elveszítettem az egyensúlyomat és megbotlottam. Ismét minden elsötétült előttem. De most valami más volt; mintha tudatában lettem volna annak, ami történik. Éreztem, hogy felemelnek a földről, hosszú sétát tesznek meg velem, hogy visszavigyenek az ágyamhoz és letegyenek, majd egy újabb injekciót szúrtak belém. Magamnál vagyok? Vagy ez csak egy álom? Nem tudom megállapítani...

2. FEJEZET

Eltelt egy hónap. Benett már nagyon régóta nem jött meglátogatni a kórházba. Kezdtem azt hinni, hogy valami baja eshetett. Nélküle egyre inkább úgy érzem, hogy már nem létezem. Senki nem mondott nekem semmit. A doktor úr is csak akkor jött be a szobámba, ha egy újabb injekciót szeretett volna beadni, vagy ha éppen aludtam. Úgy éreztem magam, mintha egy ketrecbe lennék bezárva. Nem volt televízió, se telefon, csak az üres szoba és én.

Valaki kopogott az ajtón, majd belépett a szobába. Na, már csak ő hiányzott...

– Szia, Lana!

– Hallottam, mi történt, jól vagy? – kérdezte Amy.

Hihetetlen ez a nő! Eljátssza itt az aggódó barátnőt, közben meg tudna ölni a pillantásával.

– Mit akarsz, Amy? – kérdeztem idegesen.

– Hát, mivel már régóta nem jelentkeztél, közölni szerettem volna veled, hogy elbocsátottunk – mondta.

– Tudod, ebben biztos voltam. Nem kellett volna csak ezért venned a fáradtságot, hogy benézz hozzám – fűztem hozzá gúnyosan.

– Nem! Én segíteni jöttem – válaszolta.

Lehet, hogy félreismertem ezt az embert és bízhatok benne? Nem, azt már nem! Nyitva tartom a szemem. Ki tudja, miben sántikál. Nahát, eddig fel sem tűnt, hogy mindig egy copfba van kötve a haja. Vajon nem fáj a feje tőle? Hosszú sötét haja biztosan húzza a fejbőrét. A ruházata nagyon egyszerű: fekete póló és egy farmer, mégis nagyon csinos. Ő vajon mit gondolhat rólam? Több napja nem fésülködtem, kócos a hajam, és ez a fehér kórházi köpeny is biztosan „nagyon jól" mutathat rajtam.

Már megint elkalandoztam a gondolataimban. Aztán egy kis idő elteltével meghallottam Benett hangját, de amikor körbenéztem,

17

sehol nem volt. Nagyon erős, szúró fájdalmat kezdtem érezni a fejemben. Hasonló volt az előző fájásokhoz, de nem volt ugyanaz. Kezdtem azt hinni, nem én vagyok, aki ebbe a testbe be van zárva. Egyre gyorsabban kapkodtam a levegőt, a testemet nem tudtam irányítani, ezért kétségbeesetten felkiáltottam:

– Doktor úúr! Doktor úúr!

Kinyílt az ajtó és megláttam Anton doktort, miközben a hang egyre inkább elhalkult a fejemben.

– Minden rendben? – kérdezte idegesen.

– Már igen, csak maradjon itt velem – jelentettem ki mosolyogva.

– Nem lehet, várnak a betegeim – válaszolta.

– Akkor csak nézzen be hozzám gyakrabban – kértem őt.

– Természetesen – mondta búskomor tekintettel, majd kiment.

Végre csend van. Ránéztem a kezemre és szemet szúrt, hogy nincs az ujjamon a gyűrűm. Nagyon felzaklatott. Elkezdtem keresgélni – először a párna alatt, majd az ágy alá is benéztem, a szekrényben, a földön, ahol csak lehetett, minden kis zugot átfésültem, de sehol nem találtam.

Pánikoltam, sírtam, és összetörtem belülről. Én így nem akarok tovább élni! Bementem a fürdőszobába, megláttam egy tükröt, és teljes erőmből elkezdtem ütni az öklömmel. Hiába próbáltam egy karcolást is ejteni rajta, csak magamban tettem kárt. Az ujjaim megfájdultak és kipirosodtak.

Visszamentem az ágyhoz, leültem, és egy pillanatra becsuktam a szemem. Hirtelen bevillant egy kép. Fekete ruhában állok egy temetőben valakinek a sírja előtt, de csak homályosan látom a sírkőre írt nevet. Nem tudom elolvasni, mi lehet ráírva. Érzem, hogy valaki áll mögöttem, és rosszat akar nekem. Minden homályos. Hátranézek: a mögöttem álló személy egyre közelebb ér hozzám. Próbálok erősen rákoncentrálni, de csak egy karkötőt látok tisztán a bal csuklóján. Azt hiszem ezüst, és apró, szív alakú medálok vannak rajta. Abban már biztos vagyok, hogy ez egy nő. Megint elsötétült előttem minden, de közben egy nagyon jó érzés fogott el. Benett állt ott előttem, mikor kinyitottam a szemem, és hozzám szólt:

– Jó reggelt, én kis menyasszonykám! – Így ébresztgetett minden reggel, amióta megkérte a kezem.

– Jó reggelt, szívem! – válaszoltam csillogó szemekkel.

– Mit szólnál hozzá, ha ma együtt töltenénk az egész napot? – kérdezte Benett izgatottan.

– Az nagyon jó lenne – jelentettem ki fülig erő mosollyal.

– Rendben van, felhívom Igort, hogy ma nem megyek be az autószalonba.

– Drágám, nem lesz ebből gond? – kérdeztem feszülten.

– Nem, dehogy, nekem is jár a szabadság – válaszolta félmosollyal az arcán.

Azon a napon minden tökéletes volt. Az ágyban reggeliztünk, összebújva filmeket néztünk, együtt főztük meg a közös kedvenc ételünket, közben táncoltunk és énekeltünk. Mikor beesteledett, egy hangulatos meglepetésvacsora várt az asztalon. Később hallottam, hogy folyik a víz – a fürdőszobából hallatszódott. Mikor beléptem az ajtón, a kád gyertyafényben úszott, és rózsaszirmok pompáztak a víz felszínén. Gyönyörű látvány volt, ezzel Benett teljesen megbabonázott.

Belépett a kádba, és hívogatóan becsalt maga mellé. Hallgattuk a csendet, és élveztük egymás társaságát. Azután egyszer csak egy telefonhívás zavarta meg ezt a romantikus pillanatot. Benett kiugrott mellőlem, és rohant a telefonjához. Nem figyelte, hogy nyitva hagyta a fürdőszoba ajtaját. Felvette a telefont, egy darabig nem válaszolt semmit az illetőnek, majd egyszer csak megszólalt:

„Nem fogja megtudni, nekem elhiheted."

Ki nem fogja megtudni? És mit? Rákérdezzek, vagy hagyjam inkább? Nem akarom elrontani ezt a csodálatos napot Benett-tel, inkább megvárom míg, majd elmondja nekem.

De attól a naptól kezdve más lett. Nem beszélt a napjáról, és nem osztott már meg velem semmit. Titkolózni kezdett, és biztos vagyok benne, hogy hazudott is nekem. Egyre többször hívták fel, és minden telefonbeszélgetés után zaklatott volt. Azt gondoltam: itt az ideje annak, hogy megtudjam, kivel telefonálgat...

Nagyon bántja a szememet ez az erős napfény. A kezeimet a szemeim elé tartottam. Mikor kikukucskáltam az ujjaim között, arra lettem figyelmes, hogy megint a kórházban ébredtem fel. Kezdem azt hinni, hogy minden este egy férfiról álmodom, aki nem is létezik. Mostanában egyre magányosabb vagyok. Nem keresem már a gyűrűt sem tovább, mert úgy gondolom, valaki magával vitte. Ebben a kórházban rengeteg a beteg és sokan azt sem tudják, mi az övék, csak fogják, ami megtetszik nekik, és elviszik. Úgy döntöttem, kimegyek egy kicsit a folyosóra. Ahogy kiléptem a szobámból, megjelent előttem Maria. Azt mondta, velem tartana. Elindultunk lassan, és csak sétáltunk szótlanul egymás mellett.

Ez a környezet rémisztő és taszító. Nem tudom, meddig kell még itt lennem, de van egy olyan érzésem, hogy nem fogom sokáig bírni az ittlétet. Éppen szembejön velünk egy nő, nevet, és folyamatosan fésüli a haját. Mikor elhaladt mellettünk, nem sejtettem, hogy visszapillant rám, de azt az arckifejezést sosem fogom elfelejteni, ahogyan akkor nézett. A pupillái nagyon kitágultak, és gonosz volt a tekintete. Elkezdtem homályosan látni, nekidőltem a falnak, és ott álltam egy ideig.

Vártam a pillanatra, amikor végre hazaengednek.

Egyszer csak dr. Anton sétált felém. Megérintette a vállamat, majd megszólalt:

– Minden rendben magával? – kérdezte aggódón.

– Igen, csak tudni szeretném, mikor mehetek haza – suttogtam a fülébe.

– Nemsokára, amikor már nem lesznek ilyen hirtelen rosszullétei, haza fogom engedni – mondta megnyugtató hangon.

– De már jól vagyok, csak minden este álmodom valakiről, aki, úgy érzem, közel áll hozzám – fűztem hozzá zaklatottan.

– Lana, még nincs itt az ideje, hogy elmondjam magának, miért is van itt, de meg fogja tudni, csak legyen türelemmel, kérem. Nem szabad ennél is jobban felzaklatni, mert különben nem lesz esélye a gyógyulásra – mondta doktor Fedorov, azután visszakísért a szobámba. Leültetett az ágyra, majd kiment, és helyette bejött Amy.

– Szia, Lana. Úgy látom, jobban vagy már. Aggódom érted. Tudod, a múltkor nem akartam ezt felhozni, de itt az ideje, hogy megosszam veled: mi nagyon jóban voltunk, még mielőtt te ide kerültél, és azt is tudnod kell, hogy Benett... – Nagy levegőt vett, és újrakezdte a mondatot.

– Szóval, hogy Benett...

Ekkor hirtelen berontott a doktor úr és beadott egy újabb injekciót. Nagyon különös volt ez az egész. Amy meg csak úgy felszívódott. Nem tudom, mit akart mondani, de ez felzaklatta a doktor urat. Miután a doktor úr kiviharzott a szobámból, kintről meghallottam, hogy még a rendőrnő is itt van. Odaálltam a csukott ajtó elé és hallgatóztam. Nem sok mindent hallottam, de valami olyasmiről beszélgettek, hogy ha megtudnék valamit, most, ebben az állapotomban belehalnék. Mégis ilyen súlyos lenne az állapotom, vagy csak eltúlozzák az egészet? Hát ezt itt, a négy fal közé bezárva nehéz lesz kiderítenem. Mikor végre mindenki távozott, kijöttem a szobámból és egyenesen az egyik nővér felé igyekeztem. Ahogy észrevette, hogy követem, megállt, majd rám szólt:

– Menjen vissza a szobájába! – parancsolt rám idegesen.

– Nem megyek! Segítsen! – válaszoltam zaklatottan.

– Természetesen. Mondja el, mi a baj – mondta a nővér.

– Meg kell tudnom egy látogatóm telefonszámát – kértem idegesen.

– Rendben, kérek egy nevet – válaszolta.

– Maria, ööö... teljes nevet kell mondanom? – kérdeztem.

– Ne fáradjon, ma magához nem jött látogatóba senki – jelentette ki meggyőzően.

– Az lehetetlen, hiszen itt volt. Kérem, nézze meg még egyszer – válaszoltam.

Rám nézett és kérte, mondjam el, hogy néz ki Maria.

– A haja sötétbarna, vállig érő, a szeme tengerkék – válaszoltam.

A nővér még egyszer rám nézett, majd faképnél hagyott. Úgy éreztem, nem érdekelte eléggé ez a helyzet, vagy talán csak azt hitte, kitaláltam. Én viszont ki fogom deríteni, hogy mi történik itt.

Hajnalban újra kiosontam a szobámból, és megkerestem a látogatók listáját.

Nagyon különös: benne van Maria neve és telefonszáma is. Miért hazudott nekem a nővér? Mit titkolhat?

Csak fekszem az ágyon, kezemben Maria telefonszáma. Felhívnám, de rájöttem, hogy mivel ő sem áll teljesen mellettem, így nem hinne nekem.

Van egy férfi, akiről úgy érzem, szeret engem, és én is őt, de nem tudom megállapítani, hogy mi lehet ez. Az orvos mindennap azt mondja, hogy egyre jobban gyógyulok, mégis folyamatosan erősödnek az érzéseim az álmaimban látott férfi iránt. Talán akkor a múltamban volt valaki? Vagy a képzeletem szüleménye? Furcsa gondolatok cikáztak a fejemben. Felhívom Mariát, mert mégis úgy érzem, ő az, aki segíthet nekem. Kicsöng. Egy ideig nem veszi fel senki, majd hirtelen beleszól egy ismerős hang.

– Tessék!

– Jó napot! Maria van a vonal másik végén? – kérdeztem zaklatottan.

– Igen, és én kivel beszélek? -tudakolta ő.

– Svetlana, de tudja, szólítson csak Lanának – fűztem hozzá kedvesen.

– Ohh, Lana!? Hogy szereztél telefont, és honnan van a telefonszámom? – kérdezgetett idegesen.

– Hm. Kérem, ez most mind mellékes, nem ezért hívtam, hanem segítségre lenne szükségem – válaszoltam.

– Nem tudom, hogyan segíthetnék – fűzte hozzá elkeseredetten.

– Csak válaszoljon, segít nekem? – kérdeztem erélyesen.

– Rendben, segítek – válaszolta.

– Holnap reggel jöjjön be hozzám látogatóba – kértem, majd nem vártam meg a válaszát, hanem letettem a telefont, mert úgy éreztem, bízhatok benne.

Másnap délben bejött hozzám Maria. Elmondtam neki, hogy nincs rendben valami itt a kórházban. Azt állították, hogy ő nemlétező személy, és azt gondolják, hogy én csak kitaláltam. Maria nem szólt semmit, csak ott ült az ágyam mellett egy széken és figyelmesen hallgatta a mesémet. Olyan volt, mintha komolyan hinne nekem. Aztán egy kis idő múlva szótlanul távozott.

Magamra maradtam – most már biztosan. A fejem még egyszer utoljára nagyon erősen megfájdult, és egy képsorozat játszódott le a szemem előtt. A férfi az álmaimból ott állt előttem, és mosolygott rám. Amy tárt karokkal felém sietett, majd megölelt. Miután elengedett, megfogta a kezem, és ott volt rajta a karkötő a szív alakú medálokkal; láttam a bal csuklóján. Ő az, aki ártani akart nekem? Vagy már mindenkiről ezt feltételezem? Mindenesetre nyitva tartom a szemem. Elég régóta itt vagyok már a kórházban. Úgy gondolom, itt az ideje, hogy elbeszélgessek anyukámmal. Ki akartam menni a szobámból, de zárva volt az ajtó. Mégis milyen különös okból zártak engem be ide? Nem csináltam semmit! Megvártam, míg bejött hozzám Anton doktor.

– Jó reggelt. Hogy van? – kérdezte jókedvűen.

– Hát, az igazat megvallva, nem túl jól – válaszoltam. – Miért zárták be az ajtót? – kérdeztem zaklatottan.

– Lana, maga túl sokat gondolkodik. Azért van itt, hogy pihenjen – mondta dr. Anton, majd kiment a szobából és bezárta az ajtót.

Hmm... Valami történt. Úgy gondolom, megijedtek, hogy rájöttem valamire.

Nagyon lassan telik az idő, nagy a csend, és rossz ez a bezártság-érzés. Eddig is ezt éreztem, de most már tudatában is vagyok annak, hogy be vagyok zárva. Nincs kiút. Mit tehetnék ilyen helyzetben? Csakis gondolkodni tudok.

Magányos vagyok... Azt hiszem, ez nem mehet így tovább.

Visszamentem ahhoz a tükörhöz, amiben nem sikerült kárt tennem, csak magamban. Újra elkezdtem ütni az öklömmel, és egyre jobban fájt, de már sikerült megtörni, és így leesett belőle egy kicsi tükörszilánk. Úgy érzem, nem vagyok elég erős, hogy túléljem az itteni életet. Egyik kezemben a szilánkdarabkát tartom és ráhelyezem a másik kezemen a csuklómra. Már épp megvágtam volna magam, de meghallottam Benett hangját, aki azt mondta, hogy nem kell ezt tennem, és hogy az életem jobbra fog fordulni, ha kitartok. Elérzékenyültem, és csak arra tudtam gondolni, hogy menynyire szeretem őt, és hogy miért nincs mellettem. Ekkor elsötétült a kép, majd ott álltunk az oltár előtt. Rajtam a meseszép menyasszonyi ruha, a kezemben egy csokor rózsa. Rengeteg ember körülöttünk, és csak nevetünk boldogan. Utána beülünk az autóba, és elhajtunk vele a nászútra. Több órányi kocsikázás után odaérünk egy álomszép nyaralóhoz. Lepakolunk, majd mindketten kidőlünk. Csak arról beszélünk, mennyire szeretjük egymást, és milyen sok jó vár még ránk a közös életünk során. Hirtelen megcsörrent a telefon. Édesanyám hívott.

– Szia, Lana. Gratulálni szeretnék, egyben megkérni arra, hogy menj vissza az orvosodhoz, aki fiatalabb korodban, apád halála után kezelt téged – mondta.

– Mi? Anya! Hogy kérheted ezt tőlem? – kérdeztem idegesen.

– Azért, mert az esküvőd előtt megfigyeltem, hogy hasonló tünetek jöttek elő nálad újra, mint akkoriban. Aggódom érted. Emlékszel, milyen veszélyes betegségtől féltünk? – kérdezte zaklatottan.

– Nem! Anya! Összevissza beszélsz. Az a múlt, felejtsd el. Minden összejött az életemben, amire vágytam. Nincs semmiféle betegség, ami elvehetne bármit is az életemből – válaszoltam.

– Rendben van, de én figyelmeztettelek – mondta anyám aggódóan, majd hirtelen magamhoz tértem.

Tudom, hogy nem volt igaza. Az nem lehet. Most nem ezért vagyok itt a kórházban, hanem valaki szándékosan ide hozott. De mi oka lehetett rá? Nem tudok rájönni. Van egy időszak, amire nem emlékszem, az esküvő után sok sötét folt van az emlékeim helyett. Ki kell derítenem az igazságot!

Pár hónappal korábban

A mai napon minden megváltozott. Reggel bementem a munkahelyemre, de nem éreztem jól magam. Lana-t hallottam, hogy Benett-tel telefonon beszélget. Miután letette a karjaimba ugrott, és izgatottan azt próbálta elmondani, hogy úgy érzi, Benett megfogja kérni a kezét. Engem, ez nagyon rosszul érintett. Lana megkérdezte tőlem, hogy leszek– e, a koszorúslány, az esküvőjükön. Igent mondtam, de legbelül megfolytottam volna. Elkezdtem szédülni, a gyomrom összerándult, ezért inkább elkéreckedtem a főnökömtől. Elindultam hazafelé, és útközben is csak rossz gondolatok jártak a fejemben. Majd haza értem. Azonnal kivettem a hűtőből a bort, és folyamatosan csak ittam. Egyre többet, és többet, míg nem még rosszabbul kezdtem érezni magam, már annyira, hogy az öngyilkosság is megfordult a fejemben. Magamban tegyek kárt? Vagy bennük? Mégis, mit tehetnék? Igaz hogy rossz barátnő vagyok, mert fáj a boldogságuk, de Lana sem jobb ember nálam. Megérdemelné, hogy végre elvegyék tőle is azt, amit a legjobban szeret. Nem becsült meg engem, és nem segített soha semmiben. Csak magával foglalkozik, és csak a saját érdekeit tartja szem előtt. Nem hagyom, hogy ő békében éldegéljen élete szerelmével, bosszút kell állnom. Kiterveltem valamit, amit véghez is viszek. Az esküvő után átmentem Lanahoz teázni, beszélgettünk, majd amikor nem figyelt, tettem a poharába egy kis altatót. Mikor haza ért Benett, nagyon furcsán nézett rám, elmondta, hogy egy ideje úgy érzi, megváltoztam, és aggódik értem. Beszélgettünk, elmondtam neki, hogy szeretem, és megakartam csókolni, de ellökött magától. Azt mondta, fél tőlem, ezért aztán fejbe vágtam egy tárgyal, ami éppen a kezem ügyébe akadt. Nagyon felbosszantott, hogy nem figyelt rám.

Aztán csak ott feküdt, mozdulatlanul. Gyorsan kellett cselekednem, mielőtt elkezdené keresni őt valaki. Eszembe jutott, hogy elrejthetném a pincében, ahol tárolta a fegyvereit. Kivettem a zsebéből, minden személyes iratát, és a telefonját is. Valahogyan el kell hitetnem mindenkivel, hogy meghalt.

És így örökre, az enyém lesz. Akarata ellenére is. Még eszméletlen volt, megfogtam mindkét karját, és levonszoltam a pincébe. A kezeit hozzá kötöztem, egy falból kiálló gerendához. És csak vártam, hogy magához térjen. Egy kis idő múlva, felébredt, rám nézett, és mondta:

– Lana? Te vagy az?

– Nem! Én nem Lana vagyok. Ő nem fog tudni rajtad segíteni, mert nincs a tetteinek tudatában. – válaszoltam. Majd közelebb mentem hozzá, és próbáltam megcsókolni, de nem engedte. Elhúzta az arcát. Ez nem sokáig lesz így, egy idő után be kell látnia, hogy engem kell szeretnie. Mert Lana, nem lesz mellette soha többé. Gondoskodom róla, hogy ez így is maradjon.

– Segítség! Segítség! – kiabálta Benett, folyamatosan. Nem tudom mi ütött belém, de a falra akasztott puskát, levettem, és ráfogtam. Mondtam neki, hogy ne kiabáljon, de nem hagyta abba, ezért megijedtem, és meghúztam a ravaszt. Elnémult végre, viszont most úgy tűnt, már nem fog felébredni, talán jobb is így. Ott hagytam, úgy ahogy volt a pincében.

Pár napig, nem mertem lemenni hozzá, mégis csak megrémültem, hogy mi van akkor, ha már, tényleg nem ébred fel. Aztán, egy reggel úgy ébredtem fel, hogy valami, egyenesen, a pincébe vezetett. Ahogy mentem le a lépcsőn, nem lettem, semmilyen zajra figyelmes. Kinyitottam az ajtót, és szörnyű látvány fogadott, Benett ott ült lekötözve, mozdulatlanul. Eloldoztam a kötelet a kezéről, közben csak zokogtam. Közelebb hajoltam hozzá, és próbáltam felébreszteni, de már nem lélegzett.

Véres volt a teste, úgy tűnik mellkason lőtték. Hozzá értem az arcához, és éreztem, hogy hideg volt a bőre. Meghalt. Ki tehette ezt vele? 1 évvel később.

Már nem süt be a nap, az ablakon.

Elmúlt a nyár, és én mindvégig, itt voltam bent. Most már a doktor úr is, kevesebbet jön be hozzám. Elmúltak a fejfájások, a zavaros gondolatok, és a hangok is, a fejemben elcsitultak. Amy pedig olyan, mintha nem is létezett volna. Benettről, nem tudok semmit, azóta sem. Kicsit később, bejött hozzám Dr. Anton, és azt mondta hogy ma végre haza mehetek. Meggyógyultam, és könnyebben fogom feldolgozni, a kinti életben történt, problémáimat. Nem tudom mire gondolt. De egy kicsivel később, megjelent anyukám, és szaladt felém tárt karokkal.

– Jajj kislányom! Olyan jó így látni téged, egészséges állapotban. – mondta izgatottan.

– Igen, én is teljesen más embernek érzem magam. – fűztem hozzá mosolyogva. Összepakoltam a ruháimat. Aztán egy nővér, a kezembe adta, a leadott érték tárgyaimat, és megláttam az eljegyzési gyűrűmet, a telefonomat, és mellettük a karkötőt, amin a szív alakú, kis medálok voltak. Bevillant a kép, ismét a temető, a nő, a karkötő.

De már nincs ott senki más, csak én, és a csuklómon van az a karkötő.

A név is már tisztán látszódik, és Benett neve áll rajta. Öszszeomlottam teljesen. Megakartam halni, és közben hisztérikusan kiabáltam:

– Neeeeem! Neeeeem! Nem én tetteeem! Szerettem őőt! Én. én most is szereteem! Nem érteeeem!

– Svetlana! Nyugodjon meg kérem. Most már nincs abban az állapotban, amikor ezt tette. De, még nem teljesen gyógyult ki ebből. – jelentette ki, az orvos.

– Kialakult egyfajta pszichés betegsége, az élete során, és felerősödött magában Amy, a maga gonosz énje. – Akit sokszor elképzelt maga előtt, és akivel kommunikálni kezdett. – fűzte hozzá, doktor Anton úr. Majd megállt egy pillanatra, rám nézett, és látta rajtam, hogy egy világ omlott össze bennem. Utána nehezen, de folytatta a magyarázatát:

– „Amy", nem engedte, hogy boldog legyen.

– És ezt ő tette a férjével. –

– Vissza vezethető ez, a gyermekkori traumákra, és az is előfordulhat, hogy örökölte. – mondta az orvos és közben, oda hajolt hozzám.

– Neeeem! Ez nem lehet igaaz! – kiabáltam.

– De igen! Az édesanyja, megkért engem, és Maria rendőrnőt, hogy ne tudja meg, semmi képpen sem, amit tett, mert nem volt tudatában, – és nem volt beszámítható állapotban. Aggódott magáért. Félt, hogy kárt tenne magában. -tette hozzá Anton úr. Amikor ezt elmondta nekem az orvos megszédültem, és nem akartam elhinni, ezt az egészet. Kapkodtam a levegőt, olyan

27

érzésem volt, mintha megfulladnék. Belegondoltam, hogy nem vár már otthon az az ember, akit teljes szívemből szeretek, és az utolsó perceiben ott voltam mellette, mégsem tudtam megvédeni önmagamtól. Forgott velem a világ, egyre nehezebben kaptam levegőt, hirtelen felemeltek az orvosok, rátettek egy hordágyra. Láttam, hogy az intenzív osztályra bevisznek, és körülbelül négy, vagy öt, zöld ruhába öltözött ember, ijesztő maszkban állt, körülöttem. Az életemet próbálták megmenteni, de már, egyre csak gyengébb voltam. Fekszem az ágyon, mozdulatlanul. Aztán hirtelen, meghallottam egy sípolást. Benett megjelent előttem, mosolygott rám, és azt mondta: „Nem sokára újra együtt leszünk!" Aztán, egy pillanatra megállt az idő, majd két perccel később, leállt a szívem. Közeledek Benett felé, már majdnem elértem őt, nyújtottam felé a kezem, kértem, hogy vigyen magával, de ő egyre jobban távolodott tőlem, majd egyszer csak felszívódott. Aztán, meghallottam, hogy azt kiabálják:

– Újraélesztést!
– Gyerünk már!
– Egy, kettő, három.
– Mégyegyszer!
– Egy, kettő, három.
– Nem ébred fel!
– Hogyan tovább doktor úr? – kérdezte, egy ismeretlen férfi hang.
– Most várunk, doktor Migels. – válaszolta, doktor Federov.

A mellkasomban, nyomó érzést érzékeltem, többször is. Azután, egy kis idő múlva, elkezdtem levegőt venni. Lélegeztem. Az orvosok türelmesen várták a visszatérésemet. Nem telt el, fél perc sem, és már ki is nyitottam, a szemeimet. Forgattam őket, jobbra– balra, fel, és le. Akármelyik irányba is néztem, mindenütt, ismeretlen szempárok szegezték rám, a tekintetüket. Miután teljesen magamhoz tértem, átvittek egy másik szobába, és azt mondták pihennem kell. Végre jobban éreztem már magamat, annak ellenére is, hogy tudtam, hogy egy gyilkos vagyok. Bűnhődni fogok, még nem kaptam meg azt, amit igazán megérdemelnék. Miért nem hagytak meghalni?

3. FEJEZET

Ezek után, nem lesz olyan az életem, mint, amilyen volt. Kopogtak az ajtón. Belépett valaki, az ajtó felé fordítottam a fejem, és megláttam magam előtt, Benett édesanyját. Mérges tekintete, azt sugallta, tudja mit tettem. Majd rám kiabált:

– Svetlana Lawson! Mégis, mit műveltél a fiammal? Mit tettééél? Te őrüült! Összehúztam magamat, közben, próbáltam válaszolni zokogva.

– Én.

– Én nem tudom, sajnálom.

– Én, én ezt nem. nem akartam.

Nehezen szedtem össze a szavakat. Azt sem tudtam, mit lehetne mondani ebben a helyzetben. Egy egész életre megygyűgyőlt Mrs. Brown. Mégis, mit tehetnék már? Nem tudom őt visszahozni.

– Nem érdekel engem, hogy a fiam felesége vagy, a családneve nem marad a tiéd! – kiabálta, Mrs. Brown.

– Nem viselheti egy gyilkos, mind a két elhunyt családtagomnak a nevét! – Fűzte hozzá, és közben megtudott volna ölni a szemeivel.

– Hajdani, szeretett férjem, isten nyugosztalja, nem kell ezzel a tudattal élnie, amivel nekem! – ordította, közben sírásra görbült a szája.

– Elvetted tőlem szeretett fiamat, és még mindig, életben vagy? – szegezte hozzám a kérdést, Benett anyja.

– Megakartam halni!

– Többször is! – kiáltottam fel.

Hirtelen berontott a szobába a doktor úr.

– Mi ez a lárma?

– Maga kicsoda?

– Mit keres itt? – kérdezte doktor Anton, Benett anyjától.

– A nevem Elisabeth Brown.

– Benett édesanyja vagyok.

– És ez a nő megölte a fiamat! – mondta Mrs. Brown.

– Kérem nyugodjon meg.

– Miss. Lawson, azaz Mrs. Brown, nem gyilkos. – jelentette ki, a doktor úr.

– De igen!

– És ne merje mégegyszer ezt a nőt Mrs. Brown– nak szólítani.

– Én vagyok Mrs. Brown, és ez így is marad, Lana pedig viszsza veszi a leánykori nevét.

– Ha nem így lesz, tenni fogok érte, hogy ne viselje, az én családom nevét! – fenyegetőzött, Elisabeth.

– Értse meg, hogy Miss. Lawson, nem volt beszámítható állapotban, amikor gyilkosságot követett el.

– Pszichés betegsége, úrrá lett rajta, és nem volt önmaga. – mondta doktor Federov.

– Ugyan már!

– Mégis miről beszél?

– Milyen betegség? – faggatózott, Mrs. Brown.

– Nos. Svetlana, disszociatív, azaz, többszörös személyiségben szenvedő beteg. – mondta Mr. Federov.

– Javult már az állapota, de nagyon valószínű, hogy soha nem fog kigyógyulni ebből. – magyarázta doktor Anton. Mrs. Brown arcán, nem látszódott együttérzés nyoma. Ő csak is arra tudott gondolni, hogy a fia nincs többé, és nem tudja a gyilkosát halálra ítélni. Fájt, hogy nem tud megbékélni ezzel, mégis ameddig ott volt a közelemben, nyugalom járta át a testemet. Nagyon hasonlít a fiára, Benettre. A barna szemek, és a sötétbarna vállig érő haja, rá emlékeztetett.

– Nem fogom Svetlanat sajnálni, mert beteg. – jelentette ki, Elisabeth Brown.

– Én nem is kérem magától, hogy sajnálja Miss. Lawsont. – mondta, közben szánakozóan nézett felém a doktor úr.

– De viszont, annyit kérnék, hogy próbálja meg magát, túl tenni ezen.

– kérte meg, Mrs. Brownt, doktor Anton.

– Chh.

– Meglátom mit tehetek. – mondta Elisabeth, gúnyosan.

– Rendben van.

– Most pedig hagyjuk Svetlanat, pihenni. A doktor úr, és Mrs. Brown is, távozott a szobámból. Olyan érzésem volt, mint régebben, ugyanúgy, itt a kórházban fekszem, csak egy másik szobában, és megint bezárva érzem magamat. Másnap reggel.

– Jóreggelt Svetlana! – ébresztett fel, reggel 9:00 órakor doktor Anton.

– Jóreggelt! – mondtam, és közben törölgettem a szemeimet, az álmosságtól.

– Elnézést, hogy felkeltettem, de az édesanyja jött magához látogatóba. – jelentette ki a doktor úr.

– Rendben, szeretném is látni. – mondtam, és közben az ajtóba bámultam egy ideig, aztán megjelent anyukám.

– Szia kincsem.

– Hogy vagy? – kérdezte.

– Hát, nem túl jól.

– Szeretnék már haza menni. – válaszoltam, kétségbeesetten.

– Hát, mikor legutóbb haza akartak engedni, akkor sem haza mentünk volna. – mondta anyám, keservesen.

– Hát, hova kellett volna mennem? – kérdeztem, zavarodottan.

– A rendőrségre!

– Emberöléssel vádolnak! – emelte fel, a hangját anyám.

– Akkor mégis, miért kellett itt egy évet letöltenem az elmegyógyintézetben? – kérdeztem, felháborodva.

– Az enyhítő körülmények érdekében.

– Továbbra is itt kell maradnod! – magyarázta anyám, és közben leült az ágyam mellé, azután folytatta:

– Majd egy pszichiáter fog jönni hozzád, pár nap múlva.

– Akinek el kell mesélned mindent ahhoz, hogy bizonyítani tudják, hogy valóban, nem voltál beszámítható állapotban, amikor a gyilkosságot elkövetted. – fűzte hozzá.

– Rendben van. – válaszoltam, majd bejött egy nővér, és a kezembe adta az ebédemet.

– Most komolyan?

– Mi ez a kórházi koszt? – kérdeztem, kissé pökhendi arccal.
A nővérke nem válaszolt, csak szótlanul kiment a szobámból.
Neki álltam enni. Elkezdtem kanalazni a levest, de ízetlen volt,
ezért visszaköptem. Hozzá láttam, a másodiknak. Egy szelet hús
volt a tányéron, és mellette egy kis rizs. Hát, igazság szerint, ezt
a falatot sem lettem volna képes lenyelni, de
anyám, rám nézett egy pillanatra.
Utána elkezdte forgatni a barna szemeit, és idegesen igazgatta a rövid szőkésbarna fürtjeit. Bizonyára kellemetlen helyzetbe
hoztam, a viselkedésemmel. Anyám, elköszönt tőlem, és a doktor úr ki kísérte, majd ő sem jött már vissza. Kezdődik megint,
minden elölről. Egyedül a négy fal között. Utálok itt lenni!
Nem bírom már, ezt a bezártságot!
Kikászálódtam az ágyból, oda sétáltam a fürdőszobába. Levettem a fehér kórházi hálóruhámat, és beálltam a zuhany alá.
Miután megmosakodtam, megtörölköztem, utána felvettem az
otthoni hálóruhámat. Vissza sétáltam az ágyamhoz, leültem
egy pillanatra, majd elfeküdtem, és azután 15 perccel később
elaludtam. Hajnali 02:00 óra van.
Megébredtem. Fekszem az ágyon, kinyitom a szemem és
arra lettem figyelmes, hogy a régi szobámban vagyok. Visszahoztak ebbe a szobába, amíg én aludtam? Elnyomott az álmosság, úgy hogy ezzel most nem foglalkoztam. Próbáltam vissza
aludni, de meghallottam valaki lépteit, és a padló nyikorgását.
Tudom, hogy van ott valaki. Érzem, hogy figyel engem. Nem merek megfordulni. Arcom a párnába temetem, és visítani kezdek.
Nem tudok aludni sem, egyszerűen nem lesz vége ennek soha
sem. Kezeim remegni kezdtek, gyomrom összerándult, majd
valaki köszönt nekem.
– Szia Lana!
– Ki az?
– Ki van ott? – kérdeztem, és közben szorítottam a takarót,
az arcom elé.
„Amy vagyok".
– Neeeeeee.
– Neeem!

32

- Ez nem lehet!
- Tűnj el!
- Csak a fejemben létezel! – kiabáltam, kétségbeesetten.
Kiugrottam az ágyból, és igyekeztem a villanykapcsolóhoz.
Amikor oda értem, kezemet óvatosan a kapcsolóhoz érintettem, majd felkapcsoltam a villanyt. Körbe néztem, és csak a fehér falak vettek körül. Nem lett volna nehéz, észre vennem bárkit is, mivel eléggé kicsi volt a kórházi szobám. Az ágyam a szoba közepén volt, mellette egy kis fehér éjjeli szekrény, a másik oldalt egy kis ablak, rajta pedig rácsok. Még ha akarnék sem tudnék elszökni. Nem is érem fel az ablakot az én körülbelül 160 centiméter magasságommal. Hirtelen zajt hallottam. Ajtó csapódás.

Oda néztem, és láttam hogy az ajtó felőli részen elhelyezkedő, fürdőszoba ajtaja becsukódott. Mi történik itt? Mi ez az egész? Gyorsan vissza rohantam az ágyhoz, felmásztam rá. Betakaróztam, és a kezeimet a füleimhez szorítottam. A szemeimet becsuktam. Elkezdtem suttogást hallani, hiába tartom a kezeimet a fülemhez, tisztán hallom valaki hangját, és duruzsol a fülembe.

Folyamatosan ezt ismételgeti:

„Lana"

„Nézz ide!"

„Lana"

„Nézz ide!" – suttogja a hang.

- Neeem!
- Eléég! – kiabáltam.

„NÉZZ MÁR IDEE!" – ordítja a hang a fülembe. Oda nézek. Amy áll az ajtóban. Aztán lassan felém sétál, és az ablakból beszűrődő fény, az arcát megvilágítja. És látom ahogy rám vigyorog, majd ahogy egyre közelebb ér hozzám, hallani kezdem a gúnyos kacagását. Leült mellém az ágyra, és hirtelen bele kapott a hajamba. Majd megrántotta olyan erősen, hogy leestem az ágyról, és elkezdett a hajamnál fogva, végig húzni a földön, egyenesen a fürdőszobáig. Ott elengedte a hajam, és eltűnt. A földön fekve megláttam, a mosdó alá elrejtett tükör szilánk darabot, amivel már próbáltam magammal korábban végezni. Mit akarhat ez jelenteni?Miért akarta Amy, hogy ezt meglássam?

– AMY! MIT AKARSZ TŐLEEEM? – ordítottam. Nem hangzott el rá a válasz.

Bepánikoltam, féltem, hogy újra elkap, ezért megpróbáltam az ajtóig a földön kúszva eljutni. Sikerült! Mindjárt ott vagyok az ajtónál. Majd egyszer csak elkezdem érezni hogy valami megfogja a lábam, próbálok tovább mászni, de nem enged.

– Segítséég!

– Segítseneeek! – kiabáltam, remélve hátha meghallanak. Aztán elengedte a lábam, és újra felszívódott. Nyílik az ajtó. Berontott a szobába doktor Anton.

– Mit keres maga a földön? – kérdezte.

– Elkapott!

– Amy visszajött!

– Bántalmazott engem!

– Azt hiszem, meg akar ölni! – magyaráztam a doktor úrnak. De ő erre csak annyit kérdezett.

– Bevette a gyógyszereit?

– Neeem!

– Nekem nem gyógyszer kell!

– Értse már meg! – kiabáltam Anton úrnak. Erre ő felkapott a földről, és belenyomott a karomba egy injekciót. Utána lefektetett az ágyra, és betakart.

Másnap délelőtt, fél 11 órakor keltem fel. Furcsa érzés fogott el. Nem emlékszem, hogy aludtam el, és arra sem, hogy hogyan kerültem a régi szobámba. Nem rémlik, hogy bárkivel is találkoztam volna az éjjel. Kipihentnek érzem magam, és olyan mintha több napon keresztül aludtam volna.

– Jóreggelt Svetlana, mutatnom kell önnek valamit. – mondta, és közben kivezetett a szobából, a doktor úr.

Lassan lépkedve a folyosón, a doktor urat követve, érzékeltem, hogy valami baj történhetett. Egy ideig sétáltunk, aztán megálltunk egy ajtó előtt. Anton úr mély levegőt vett, és mondta hogy fáradjak be. Amikor beléptem, magamat láttam az asztalon álló kicsi monitoron, ahogyan feküdtem az ágyon. Mellette az idő is fel volt tüntetve, pontosan tegnap hajnali 02:00 órától volt a felvétel kezdete. Utána belepörgetett, és amit akkor láttam, nem akartam hinni a szememnek. A felvételen sokáig néztem az ajtóra, majd nem történt semmi, de mégis rémület látszódik az arcomon. Azután úgy tűnt, mintha valaki leült volna az ágyamra. Majd hirtelen leesek az ágyról, és tépni kezdem a saját hajam, azután bementem a fürdőszobába, és megijedtem valamitől.

– Nem akarom ezt tovább nézni! – jelentettem ki, fennhangon.

– De tudja, hogy miért tette ezt saját magával? – kérdezte, doktor Federov.

– Nem!

– Nem így volt!

– Amy volt az.

– Biztos vagyok benne. – válaszoltam.

– Rendben van.

– Azt gondolom, súlyosabb lett az állapota, Miss. Lawson.

– Minél hamarabb, jönni fog magához a pszichiáter. Miért nem hisz nekem senki?

Miért gondolják, hogy velem van baj?

Így vagy úgy, de megfogom tudni, hogy mi áll ennek az egésznek a hátterében. Amióta megnéztem azt a felvételt magamról, azt gondolom valaki tényleg van a szobámban. Bebizonyítani, lehet hogy nem tudom, de megpróbálom. Körbe néztem a szobában, és észrevettem az ágyam felé néző falra, felszerelt kamerát.

Tehát így a felvételeken, látszódik az ágyam melletti ablaktól, az ajtóig, akármit is csinálok. Kivéve a fürdőszoba az, amit nem látnak a kamerán keresztül. Hogyan tudnám elérni azt, hogy legalább doktor Anton higgyen nekem? Már egy ideje nem injekciót kapok naponta, hanem gyógyszereket. A doktor úr szokta behozni, és megfigyelni, hogy tényleg beveszeme őket. Ma úgy döntöttem nem fogom lenyelni a gyógyszereket.

Kíváncsi vagyok, mi fog akkor történni. Minden reggel pontosan 10:00 órakor hozza be a gyógyszereket, mint ahogy ma is.

– Jóreggelt Svetlana! Meghoztam a gyógyszereit. – mondta doktor Federov, és közben oda sétált hozzám, majd a kezembe adott egy pohár vizet, és kettő tablettát. Szorítottam a poharat, a kezeim izzadni kezdtek az idegességtől. De végig kell csinálnom.

Megfogtam a tablettákat, rá helyeztem a nyelvemre, és próbáltam nem feltűnően, a számban hagyni a gyógyszereket. Azt gondoltam nem vette észre a doktor úr. De aztán a szokásaitól eltérően, hozzám szólt:

– Minden rendben Lana?

– Lenyelte a gyógyszereit? – kérdezte doktor Anton. Ránéztem a doktor úrra, bólintottam egyet, és közben tartottam a szemkontaktust. Úgy tűnt, hogy nem vette észre a turpisságom, mert szó nélkül kiment a szobából.

Utána elkezdtem érezni a gyógyszerek keserű ízét a számban, ezért aztán igyekeztem a fürdőszobába, úgy hogy ne keltsek feltűnést. Mikor beértem a fürdőszobába, a wc– be gyorsan beleköptem a gyógyszereket. Majd a mosdóban, engedtem vizet a csapból, és kiöblítettem a számat. Azután vissza mentem, és leültem az ágyra. Még mindig éreztem a gyógyszerek keserű ízét. De nem azzal foglalkoztam leginkább, hanem izgatottan vártam, hogy mi lesz másabb a gyógyszerek hatása nélkül.

Már eltelt 2 óra, de még mindig semmi változás nem történt. Ugyanúgy érzem magam mint mindig. Talán azok a gyógyszerek, eddig sem voltak rám semmilyen hatással? Beesteledett. Fél 7 múlt öt perccel. Azóta is csak várakozok, itt ülve az ágyon. Azután pár perc elteltével, mintha késsel szurkálták volna a halántékomat, olyan erős fejfájás tört rám. Az idő lelassult, és az a fájdalom úrrá lett rajtam. Nem tudtam tisztán gondolkodni. Elfeküdtem az ágyon, és becsuktam a szememet. Onnantól kezdve, megnyílt a pokol kapuja előttem. Lépteket hallok. Egyre hangosabban hallom.

Most már többen vannak. Női hangok szólnak hozzám.

„Meg fogsz halni."

Nem értem, nem tudom mit mondanak. Próbálok koncentrálni, de ők csak folyamatosan elismétlik, egyre hangosabban.

„Meg fogsz halni."

Aztán egyszer csak meghallok egy ismerős női hangot is.

Amy hangját.

Aki folyamatosan ezt mondja:

„Meg fogsz halni."

Azt hiszem most már értem, amit mondani akarnak. Meg fogok halni?

De miért mondják ezt nekem? Hirtelen csend van. Körülnézek, és sehol senki. Kopognak az ajtón. Oda megyek, és remegő kézzel megfogom a kilincset, kinyitom az ajtót, de nincs ott senki.

– Ki van ott? – kérdeztem, az ajtóban állva. Nem válaszolt rá senki.

Vissza indultam az ágyamhoz, amikor hirtelen megint kopogtak. Nem nézem meg, úgy sincs ott senki.

Úgy tettem, mintha nem hallanám, a folyamatos kopogást. Vissza feküdtem az ágyba, és próbáltam elaludni. Már majdnem elaludtam, aztán úgy éreztem, hogy valaki néz engem.

Kinyitottam a szemem, és közvetlenül az orrom előtt a sötétben, kirajzolódott egy arc. Lefagytam.

Meg sem tudtam mozdulni. Nem tudtam levegőt venni az ijedtségtől.

Elhomályosodott előttem minden.

Aztán valaki leöntött vízzel.

4. FEJEZET

– Svetlana!

– Térjen magához! – kiabálta, és közben megrázta a testem doktor Anton. Elkezdtem torkom szakadtából ordítani, és rángatózni. A doktor úr most már tehetetlennek érezte magát. Nem tudja mi történik velem. Napról napra rosszabbodik az állapotom. Kijelentette, hogy most már biztosan őrült vagyok, nem tudnak itt tovább kezelni, ezért elvisznek a bolondok házába, ahol véglegesen ott tartanak.

– Neeee!

– Ne tegyék ezt! – kiabáltam, közben rángatóztam. Azután bejött a szobába négy idegen fehér ruhás férfi, és lefogták a kezeimet, lábaimat. A karomba szúrtak egy injekciót. Lassan ahogy vittek ki a szobából, körülöttem már csak homályosan láttam mindent. Magamhoz tértem. Néztem jobbra, balra, és feltűnt, hogy a már megszokott szobámban vagyok. Mégsem vittek el a bolondok házába?

Vajon, miért?

– Jóreggelt Miss. Lawson. – szólított meg, egy idegen női hang. Oda néztem, és láttam az ajtóban állni, egy idegen nőt. Vöröses– barna középhosszú hajú, nem túl magas, karcsú, szürkés– kék szemű, és körülbelül a harmincas éveiben járhat. Ki lehet ez a nő? Nem tűnik ismerősnek. Közelebb jött hozzám, és nyújtotta a kezét, majd bemutatkozott.

– Doktor Natasa Ivanov. Én vagyok a maga pszichiátere. – jelentette ki, és közben leült az ágyam melletti székre.

– Jónapot Miss. Ivanov.

– Vártam már, hogy megismerhessem. – mondtam.

– Szerencsére időben érkeztem, mert ma akarták átszállítani egy szerintem nem magának való helyre. – mondta doktor Natasa.

38

- Akkor köszönettel tartozom önnek.
- Milyen gyakran fog jönni hozzám? – kérdeztem.
- Valószínűleg naponta, és 2 órát foglalkozom magával. – válaszolta, Miss. Ivanov, megnyugtató hangon.
- Rendben van. – mondtam, mosollyal az arcomon.
- Na de kezdjünk is bele.
- Felteszek magának kérdéseket, és lehetőleg mindenre próbáljon meg választ adni. –
- Ha ez nem így történik, akkor az napra befejeződik a kezelése. – jelentette ki, doktor Natasa.
- Nos, Svetlana. A kérdésem a következő. – mondta, és közben elővett egy füzetet a táskájából.
- Tudja hol van most?
- Igen.
- A Cholandra szanatóriumban vagyok. – feleltem.
- Tudja, hogy miért van itt?
- Igen, mert azt állítják pszichés betegségem van. – mondtam, és közben forgattam a szemeimet.
- Megtudná mondani, hány éves?
- Huszonhét.
- Mióta van itt?
- Több mint egy éve. Huszonhat évesen kerültem ide. – válaszoltam, majd elfordítottam a fejem. Nem kellemes erről beszélnem, de ez a doktornőt, bizonyára nem izgatja.
   Újabb kérdést szegez hozzám.
- Mi az édesanyja neve?
- Valeria Lawson. – válaszoltam.
- Édesapja neve?
- Eldar Lawson. – mondtam, és közben arcomon lecsordult egy könnycsepp.
- Van testvére?
- Nincs.
- Közel állt Benett Brown– hoz?
- Igen, a férjem volt. – válaszoltam, elcsukló hangon.
- Tudja, hogy mi történt vele?
- Meghalt. – suttogtam.

39

– Hogyan halt meg?

– Nem tudom. – mormogtam.

– Akkor még egyszer megkérdezem.

– Lana, hogy halt meg Benett?

– Azt hiszem. talán. lelőttem. – ahogy ezt kimondtam, abban a pillanatban, elakartam volna tűnni.

– Tudja, hogy miért tette ezt?

– Nem. – feleltem.

– Na rendben. Svetlana, eddig nagyon jól együtt működik. Kérem a továbbiakban is ezt tegye.

– Azért vagyok itt, hogy kiderítsem mi történt magával, mire emlékszik, és hogy miért került ide. – jelentette ki a doktornő, azután feltette a következő kérdést.

– Emlékszik a gyerekkorából valamire? – kérdezte, doktor Natasa.

– Igen, van pár olyan emlékem amit a mai napig nem felejtettem el. – válaszoltam.

– Jólvan, akkor szeretném ha mesélne ezekről az emlékeiről. – mondta a doktornő.

– Rendben van. – válaszoltam, majd lehunytam a szemem, és gondolatban vissza repültem az időben. Még most is látom magam előtt, ahogyan a kis rózsaszín szobám falán, elhelyezkedő festmény díszeleg, ami egy kastélyt ábrázol. Mellette egy kakukkos falióra, ami mókásan ébresztett fel, minden reggel. 10 éves vagyok, ma van a születésnapom. Narancssárga zsiráfos pizsama felsőben, és egy egyszerű, szürke pizsama nadrágban, szaladok lefelé a lépcsőn. Amikor leérek, a konyhában anya, és apa vár egy tortával, amin egy hercegnő mintázatú barbiebaba áll. Anya leültet a székre, és megfésüli a hajam, majd két oldalt elválasztja, és utána összeköti az egyik oldalt, majd a másik oldalt. Apa videót készít, hogy megörökítse ezt a napot. Anya segítségével felvágom a tortát. Néhány szelet, lett is az asztalon. Apa hozza a tányérokat, és utána leülünk az asztalhoz, és falatozni kezdjük a tortát. Eközben édesanyám rám parancsol.

– Lana, ülj egyenesen! – mondta, és közben mérges tekintettel nézett felém.

– Bocsánat! – szóltam hozzá, ijedtemben. Ahogyan majszolom a finom citromos tortát, elkerüli a figyelmemet, hogy csámcsogni kezdek. A szüleim persze ezt sem hagyták szó nélkül.

– Lana kincsem, csukott szájjal egyél az asztalnál! – mordult rám anyukám.

– Bocsánat anya, többet nem fordul elő. – mondtam, és közben mereven ültem a széken.

– Lana, minden rendben?

– Miért hagyta abba a mesélést? kérdezte a doktornő, aggódóan.

– Nem. – majd nagy levegőt vettem, és folytattam.

– Nem vagyok jól.

– Le kell dőlnöm egy kicsit.

– Jöjjön vissza holnap. – kértem rá, Miss. Ivanov doktornőt.

– Rendben van.

– Semmi akadálya. – mondta kedvesen.

– Köszönöm. – szóltam hozzá, majd doktor Natasa távozott a szobámból, én pedig elfeküdtem az ágyon, és megpróbáltam elaludni.

Másnap reggel ajtó nyílására ébredtem. Az ajtó felé fordultam, és megláttam doktor Anton urat az ajtóban állni. Mérges volt a tekintete, azt gondolom lebuktam, hogy nem vettem be a gyógyszereket tegnap előtt. Na de most már úgyis mindegy. Ez ellen nem tud tenni semmit. Lehetséges, hogy arról sem tud, hogy járt tegnap nálam a pszichiáter? A doktor úr közelebb sétált felém, majd leült az ágy melletti székre, és mondta:

– Jóreggelt, Lana.

– Gondolom azt hiszi, nem vettem észre, hogy megpróbált túl járni az eszemen. – mondta doktor Federov, mogorva hanglejtéssel.

– Nos. tájékoztatni szeretném, hogy ez amit tett, nem ismétlődhet meg többet. – fűzte hozzá, a doktor úr majd nagyot nyelt.

– Én csak azt próbáltam ezzel jelezni, hogy nem kellenek nekem ezek a gyógyszerek. – magyaráztam, morcosan.

– Kérem, Miss. Lawson én vagyok az orvosa, aki véleményem szerint jobban tudja azt, hogy mi kell magának. – mondta, és közben hátra dőlt a széken.

– Felfogtam, de maga nem látja, és nem éli át azt, amit én. – fejeztem ki magam.

– Na látja?! Ebben igaza van, de már meg ne sértődjön, Miss. Lawson, én kezelem a magához hasonló betegeket kerek harminc éve. -tette hozzá, gúnyos megjegyzését a doktor úr.

– Megkérném, hogy távozzon. – jegyeztem meg a doktor úrnak.

– Nem mondhatja meg, hogy meddig tartózkodhatok a szobájában. Maga az unokám lehetne, úgy hogy fogja vissza magát. – mondta doktor Anton.

– Mennyi idős? – kérdeztem.

– Nem tartozik magára, de ha ennyire érdekli, már az ötvenes éveim végét járom. – válaszolta, doktor Federov.

– Akkor valóban az unokája lehetnék. – fűztem hozzá, félmosollyal az arcomon.

– Hallottam, hogy tegnap amikor szabadságon voltam, megakadályozta a pszichiátere, doktor Natasa Ivanov, hogy átvigyék egy másik fajta intézménybe. – közölte velem, a doktor úr.

– Igen, így volt. – feleltem.

– Most már tudja, mivel jár, ha átakar verni. – mondta.

– Mi lett volna, ha doktor Natasa, nem tegnap érkezik magához? – kérdezte doktor Anton. Néztem rá a doktor úrra nagy szemeimmel, de egy hang sem jött ki a torkomon. Felsóhajtottam, majd figyelmesen hallgattam doktor Anton urat.

– Nem tudja a választ? – szegezte hozzám a kérdését.

– Gondolkozzon. Nem vette be a gyógyszereit, rángatózott, kiabált. Az orvosok beleértve engem is, azt hittük nincs remény, és hogy maga teljesen megőrült. – magyarázta a doktor úr.

– Tudom. és.ss.sa.sajnálom. – dadogtam összevissza.

– Visszanéztük a felvételeket arról a napról, és hát közben feltűnt, hogy amint kiléptem a szobájából rohant a fürdőszobába. – mondta doktor Federov.

– Hát igen, így történt. – mormogtam az orrom alatt.

– De viszont, régebbi felvételeken is látszódik, hogy gyanúsan sok időt töltött a fürdőszobában. – jegyezte meg a doktor úr. Jajj ne. lehet, hogy rájöttek arra is, mikor megakartam ölni magam?

– Igen sok időt töltöttem ott, mert teljesen egyedül lehetek, és nem tudnak megfigyelni – tettem hozzá, gyanútlan megjegyzésem.

– Svetlana, akkor engedje meg, hogy körbe nézzek a fürdőszobában. – utasított rá, doktor Anton.

– Nem hiszem, hogy bármi keresni valója is lenne ott. – közöltem a doktor úrral, kissé pimaszul.

– Titkol valamit Lana? – kérdezte a doktor úr.

– Nem, ugyan. én nem titkolok el semmit. – kissé zavarba jőve válaszoltam.

– Azt gondolom, jobban tenné, ha most elmondja mit titkol. – mondta doktor Federov.

– Nem titkolok semmit. – mondtam, mogorva hanglejtéssel.

– Rendben van. Akkor megyek, és körül nézek. -tette hozzá a doktor úr.

Majd elindult a fürdőszoba felé, és mikor oda ért, az ajtón a kilincset határozott mozdulattal lenyomta.

Majd megdermedt egy pillanatra, az ajtóban. Észrevette a csempén logó tükröt betörve, – és valószínűleg megfogja találni azt a szilánk darabot is. Nem tudom mi lesz most velem. Felém fordult egy röpke percre, majd utána kutakodni kezdett. Megnézte mit talál a zuhanyzóban, a mosdó alá is benézett. Majd egyenesen hozzám igyekezett, a kezében tartott szilánk darabbal.

– Lana, miért van betörve a tükör? – szegezte hozzám a kérdését doktor Anton.

– Az már régebben történt, csak egy baleset volt. – próbáltam mentegetőzni.

– Miféle baleset? – kérdezte a doktor úr. Érzem, hogy lefogok bukni, már nem tudom tovább eltitkolni. Látom doktor Anton arcán, hogy mindent tud már. Ennyi volt. kiderült minden.

Miután lebuktam, és doktor Anton rájött arra is, hogy itt a kórházban megakartam ölni magam, azután úgy döntött, hogy nem akar tovább az orvosom lenni. Rengeteg problémát okoztam már neki.

43

Túl idős már ahhoz, hogy ennyi stressznek legyen kitéve. Doktor Ethan Migels, a fiatal főorvos úr vette át, doktor Anton helyét.

Kop kop.

– Ki az? – kérdeztem. Kinyílik az ajtó, és egy vékony, fiatal jóképű, magas, tenger– kék szemű, rövid szőke hajú férfi, áll az ajtóban. Oda jött hozzám, és leült az ágyamra majd nyújtotta a kezét, és mondta:

– Doktor Ethan Migels. – mutatkozott be.

– Én leszek mostantól az új orvosa. – közölte velem.

– Mrs. Svetlana Brown. – mutatkoztam be.

– Akkor én leszek az új páciense. – próbáltam humorizálni.

– Hány éves maga doktor úr? – kérdeztem.

– Huszonkilenc. – válaszolta.

– Miért kérdezi? – vonta fel a bal szemöldökét kérdően.

– Túl fiatal még, hogy egy pszichiátrián főorvos legyen. – mondtam, és közben mosolyogtam.

– Így gondolja? – kérdezte.

– Igen. – válaszoltam.

– És szerintem tegeződjünk. – jelentettem ki.

– Rendben. – válaszolta doktor Migels.

Ahogyan rám néz, biztosra veszem, hogy tetszem neki.

– Ott voltál mikor magamhoz tértem az intenzív osztályon. – mondtam.

– Igen, és már akkor is figyeltelek. – válaszolta, elpirulva.

– Ohh?!

– És ezt hogy értsem? – kérdeztem.

– Tetszettél, és ez most is így van. – válaszolta, és közben zavarában megvakarta a fejét.

– Te is nekem, de tudod orvos, és páciens között nem lehet semmi. – közöltem a doktor úrral.

– Tudom. – mondta elkeseredett arccal.

– Nos, akkor én megyek, úgyis csak beköszönni jöttem. – fűzte hozzá.

– Oké, akkor szia. – köszöntem el.

– Szia Lana. – köszönt el, majd kiment a szobából, és becsukta maga után az ajtót. Rendes fickónak tűnik, de nekem csak azon járt az agyam hogy, hogyan tudnék innen kijutni végre.

Van rá lehetőség? Vagy itt kell maradnom örökre? Elfeküdtem az ágyon, és becsuktam a szemem. Benett– et láttam magam előtt. Nagyon hiányzik. Bárcsak újra vele lehetnék. Kopogtak az ajtón.

– Jöjjön be. – mondtam. Akárki is áll az ajtó előtt. Belépett a szobába, Benett anyja.

– Szia Lana. – köszönt, majd leült az ágyam melletti székre.

– Mit akar már megint itt? – kérdeztem idegesen.

– Az ügyvédem elintézte, hogy a férjezett neved, elvegyem tőled. – mondta elégedett vigyorral az arcán.

– Mi? Mégis ezt hogy képzeli? – kérdeztem, zaklatottan.

– A múltkor mikor itt jártam nálad, elmondtam, hogy mire számíthatsz. – válaszolta Elisabeth.

– Én Benett felesége vagyok, jogom van ahhoz, hogy viseljem a nevét. – mondtam erélyesen.

– Neked nincs már jogod semmihez, amióta elvetted tőlem a fiamat. – mordult rám Mrs. Brown. Már csak a férjezett nevem maradt meg nekem Benett-től. De még ezt is elveszik tőlem.

– Írd alá a papírt, különben megkeserítem az életedet. – fenyegetőzött Elisabeth.

A papíron ez állt: Én Svetlana Lawson, hivatalosan is elválok az elhunyt férjemtől, Benett Brown-tól. Továbbá, lemondok a férjezett nevemről, és a vagyonáról.

Minden jogosultságomat átíratom Elisabeth Brown, Benett édesanyjának a nevére. Amikor ezt végig olvastam, úgy éreztem ha aláírom ezt a papírt, végleg elveszítem Benett– et. De mégis hogy tudnám aláírni? Nem akarom ezt az egészet. Nem tudok mit tenni, amilyen módon csak lehet úgyis elválasztanak tőle. Aláírtam. Elisabeth arcán öröm, és boldogság látszódott. Most már Benett neve nem köthető a gyilkosához, azaz hozzám. Az anya előtt próbáltam keménynek mutatni magam, de miután kiviharzott a szobámból a papírral a kezében, azután összetörtem teljesen belülről.

Végleg elveszítettem életem szerelmét. Így már az esküvői emlékeinket is, sötét felhő takarja.

Kopogtak az ajtón. Oda néztem, és megláttam az ajtóban állni doktor Natasa-t. Örültem neki, ezen a tragédia napon, szükségem is van rá.

– Szia Lana, hallottam mi történt. – mondta. Köszönni akartam neki, de egy hang sem jött ki a torkomon. Sírni kezdtem. Doktor Natasa közelebb jött hozzám, és megölelt. Már nagyon régen nem ölelt meg senki, jó érzéssel töltött el.

– Sajnálom, hogy nem tudtam előbb ide érni, de tudja nem itt a közelben lakom. – mondta, és közben felsóhajtott.

– Hol lakik? – kérdeztem.

– Skiernews– ban. – válaszolta.

– Hát az itt van nem messze Riemghcity-től. – mondtam.

– Igen, csak az autóm szervízben van, ezért most busszal járok magához. – közölte velem.

– Ohh értem. – válaszoltam.

– Ma nem tudok sokáig maradni, mert dolgom lenne a városban. – mondta Miss Ivanov.

– Rendben. – mondtam bús komoran.

– Na de kezdjünk is bele. – mondta, és elővette ismét a füzetét.

– Múltkor a gyermekkori emlékeibe mentünk bele. – jelentette ki.

– Szeretné onnan folytatni? – kérdezte.

– Igen. – válaszoltam. Az asztalnál ülve anyukám, és apukám folyamatosan rám szólt. Semmi nem tetszett nekik amit csináltam. Amikor valamilyen tantárgyból nem ötöst kaptam, akkor büntetés járt érte.

– Lana, kitűnő tanulónak kell lenned. – mondta apám.

– Az leszek. – válaszoltam. Évek teltek el, de én minden nap csak egyre keményebben dolgoztam az ötösért.

Tizenöt évesen amikor a többiek kint játszottak, vagy szórakoztak én bent ültem a szobámban, és csak tanultam.

Nem mehettem ki a házból, és nem csinálhattam azt amit szerettem volna.

– Lana, ne haragudjon de mennem kell. – szakított félbe doktor Natasa a mesélésben.

– Mikor jön újra? – kérdeztem.

– Holnap visszajövök. – válaszolta. Majd igyekezett elhagyni a szobámat.

Magamra maradtam. Másnap reggel arra ébredtem, hogy doktor Ethan Migels az ágyam melletti széken ült.

– Mit keresel itt? – kérdeztem meglepett arccal.

– Szia Lana. – köszönt, majd közelebb hajolt hozzám.

– Sétáltam a folyosón, és mivel elmentem a szobád mellett, úgy éreztem be kell jönnöm hozzád. – mondta doktor Migels.

– De miért? – kérdeztem.

– Azért mert látni akartalak. – válaszolta.

– Ezt már megbeszéltük, nem lehet köztünk semmi. – mondtam erélyesen.

– Igen, tudom. – válaszolta.

– De ha kiviszlek innen? – kérdezte doktor Ethan. Micsoda? Ki tudna vinni? Egy pillanatra megállt az idő, és meg sem tudtam szólalni.

5. FEJEZET

– Lana, mondj valamit. – kért meg rá doktor Migels.

– Szóhoz sem jutok. – válaszoltam.

– Már nagyon régóta ki akarok innen jutni. – mondtam. Doktor Ethan sokáig nézett a szemembe, majd egy kis idő elteltével, meg akart csókolni. Én a jobb kezemen lévő mutatóujjammal felfelé mutattam. Ezzel jeleztem neki, hogy kamerával figyelnek. Egyáltalán nem akartam, hogy megcsókoljon. Benett az én egész életem, senki nem veheti át a helyét.

– Lana, a kamerával készült felvételeket, valószínűleg csak az én engedélyemmel nézheti meg bárki is. – magyarázta doktor Ethan.

– Rendben. – válaszoltam.

– De most menj el. – kértem rá.

– Miért? – kérdezte.

– Mert az orvosom vagy. – mondtam.

– És akkor mivan? – kérdezte idegesen.

– Nem lehetsz bent nálam ilyen sokáig, mert doktor Anton is csak kevés időt töltött itt. – közöltem vele.

– Hát oké. – mondta morcosan.

– Akkor megyek is. -tette hozzá.

– Oké, szia. – mondtam, és közben az ajtóhoz kísértem. Nagyon nehezen akart elmenni. Mi ütött ebbe az orvosba? Vajon minden páciensével így viselkedik? Vagy csak velem ilyen?

Miután elment tőlem doktor Migels, elgondolkoztam azon, hogy ha tényleg tetszem neki, akkor lehet hogy valóban segítene abban, hogy elmehessek innen?! Fél órával később, kopogott valaki az ajtón.

– Tessék? – Kérdeztem, és közben az ajtó felé indultam. Kinyitottam az ajtót, és megláttam magam előtt doktor Migels-t. Mit akarhat már megint?

– Szia Svetlana. – köszönt, majd a bal kezemet megfogta, és magához húzott. Én azzal a lendülettel löktem el magamtól.

– Mit művelsz Ethan? – kérdeztem, zaklatott állapotban, majd még egyszer meglöktem.

– Semmit csak – akadt el a szava –, majd nagy levegőt vett, és folytatta:

– Svetlana, azt hiszem beléd szerettem. – jelentette ki doktor Migels.

– Hogy micsoda? – kérdeztem felháborodva.

– Beléd szerettem. – ismételte meg doktor Ethan, az előző kijelentését. Még most sem tértem teljesen magamhoz.

– Belém szerettél? – kérdeztem, közben megszédültem, és Ethan karjaiban találtam magam.

– Jól vagy Lana? – kérdezte rémülten.

– Igen, azt hiszem. – válaszoltam, majd feltápászkodtam, és kértem doktor Ethan-t, hogy vegye le rólam a kezét.

– Lana, csókolj meg. – utasított rá Ethan.

– Nem! – szóltam vissza, haragos tekintettel.

– Miért nem? – kérdezte bánatosan.

– Nem lehet, és nem is akarom. – jelentettem ki, kissé erős megjegyzésem. Újra elkezdett közeledni felém, nyúlt a kezemért, próbált hozzám érni, de nem engedtem. Felidegesített annyira, hogy már megakartam volna ütni.

Miért nem érti meg, hogy nem akarok tőle semmit? Leültem az ágyamra, ő pedig leült mellém. Megsajnáltam. Kedves és jószívűnek tűnik, de az én szívem Benett-é, és ez így is marad.

Mégis ahogy nézett rám, olyan szerelmes tekintettel –, volt benne valami, ami vonzott hozzá. Lehet hogy a szemeiben a szabadságot látom? Vagy talán én is szeretem őt?

Nem, az lehetetlen. Én nem szerethetem. Valójában, nem is tetszik nekem. De valahogy mégis úgy érzem, megakarom érinteni az arcát. Közelebb csúsztam hozzá az ágyon, és a bal kezemet ráhelyeztem az arcára.

Nem történik semmi, csak nézünk mélyen egymás szemébe. A kék szemei, hirtelen barna szempárra cserélődnek. A szőke haja sötétedni kezd. Barna szem, és barna haj? Benett arcát látom magam előtt, Ethan arca helyett?! Mi történik itt? Mi ez az egész? Erősen koncentrálok, hogy Ethan-t lássam, de egyre tisztábban látom, Benett arcát. Majd megérinti a bal kezével az arcom. A szemembe logó tincset, a fülem mögé tűri, utána mindkét kezét ráhelyezi az arcomra, és abban a pillanatban összeérnek az ajkaink. Megcsókolt. Mindeközben a szemeim nyitva tartottam. Nem tudtam becsukni. Ez nem egy szerelmes csók volt, hanem csak egy röpke perc a múltból, ami miatt azt hittem Benett csókolt meg. Ethan miután kinyitotta a szemeit, arcán mosoly kerekedett, mert ő azt hitte ez volt a mi első csókunk. Pedig nem. De ezt mégsem közölhettem vele. Levette arcomról a kezeit, és utána megölelt, majd megszólalt:

– Lana, kiviszlek innen. – mondta Ethan.

– De hogyan? – kérdeztem kíváncsi tekintettel.

– Azt bízd rám. – válaszolta.

– De viszont akkor meg kell ígérned valamit. -tette hozzá.

– Mit? – kérdeztem.

– Azt hogy velem maradsz. – fűzte hozzá válaszát. Tehát vagy itt maradok, nem tudni meddig, vagy kijutok, de még akkor sem leszek teljesen szabad. Azt hiszem tudom mit kell tennem. Ott állt Ethan előttem, a válaszomra várva. Az egyik pillanatban tudom mit kéne tennem, utána meggondolom magam. Miért van ez?

Nem akarok vele lenni, egyáltalán nem. De itt sem akarok maradni. Mit tegyek? Nehéz döntés ez számomra, mert ha itt maradok akkor sem leszek szabad, de ha Ethan– nel megyek akkor sem. Kértem egy kis gondolkodási időt. Először nem tetszett neki, de aztán belement, utána elhagyta a szobámat szó nélkül.

Oda mentem az ágyhoz, kiterültem rajta, és csak feküdtem. Becsuktam a szemem. Elképzeltem, hogy kint vagyok a szabadban. Lágy szellő cirógatja az arcomat, fűszálak csiklandozzák a meztelen bokáimat.

A szél meglengeti a hófehér fodros szoknyámat. Kezeimet kitárva, úgy érzem szállok a levegőben. A szél bárcsak felkapna a földről, és felülről is megcsodálhatnám, ezt a gyönyörű látványt. Talpam ahogy a földet érinti, érzem, hogy olyan könnyedek a lépteim, mintha egy felhőn sétálnék. Boldog vagyok. Itt akarok maradni örökre. Körülöttem csak a zöld mező, és a fényes égbolt. Testemet melegíti a nap sugara, amely kellemes érzéssel tölt el. A fák lombjai lassú táncot járnak, ahogy összeérnek. A távolban egy magas férfi közeledik felém. Ahogy közelebb ér, ismerős szempár néz vissza rám. Angyali mosolyától felcsillan a szemem. Ő az. Benett. Egymás felé sétálunk. Kinyújtja a karját felém, már csak pár lépés választ el minket attól, hogy egymás karjaiba borulhassunk. De amint az ujjaink összeérnek, az egész varázslatos örömteli boldogság megszűnik, és a meseszerű álom, köddé válik. Hirtelen a szörnyű valósággal találom magam szemben.

Kinyitottam a szemem, és körül néztem a szobában. Keresem azt a helyet, ahol álmomban jártam. Vissza akarok menni. Ott akarok lenni.

Nem vágyom semmi másra, csak arra, hogy Benett újra a karjaiba zárjon.

Csak erre tudtam gondolni, és közben egy könny csordult le az arcomon. Megint rám jött, a pánik érzés. Összeszorult a gyomrom, a szívem a torkomban dobogott. Zaklatottan kimásztam az ágyból. A takarót a földre rántottam, a párnát neki dobtam az ablaknak. Míg a szekrényt felborítottam, a fürdőszoba ajtaját, pedig rugdalni kezdtem.

– Áu. – kiáltottam fel. Beütöttem a lábam. Gyorsan felemeltem, és szorongattam a kezeimben a sérült talpamat. Nem érdekelt. Újra belerugtam az ajtóba. De amint szúró fájdalmat éreztem a jobb oldali lábfejemben, abba hagytam a rugdosást. Majd kopogtak, és egy női hangra lettem figyelmes az ajtón kívül.

– Takarítás! – Kiabálta.
– Ki maga? – Kérdeztem.
– Hát a takarítónő. – válaszolta.
– Jöjjön be. – mondtam. Belépett a szobába egy kis termetű, sovány, hófehér rövid hajú, barna szemű, megviselt arcú, idős

hölgy. Egyik kezében seprűt tart, és egy lapátot, a másikban egy zöld rongyot. Ahogy végig néztem rajta, megsajnáltam, és minden erőmmel segíteni akartam neki.

– Hadd segítsek! – szóltam hozzá akaratosan.

– Ne, azt nem lehet kisasszony. – válaszolta elcsukló hangon.

– Ki küldte ide magát? – kérdeztem.

– Doktor Migels, mert látta a kamera felvételen, hogy felfordulást csinált a szobájában. – magyarázta a takarítónő.

– Ohh. Gondolattam volna. – válaszoltam.

– Hogyan, kérem? – kérdezte.

– Ne is törődjön vele, csak hangosan gondolkodom. – válaszoltam.

– Maga tudja. – mondta.

– Hát, igen. – válaszoltam, majd közben bemutatkoztam.

– Svetlana Lawson. – nyújtottam a kezem felé. Letette a földre a takarító eszközeit, majd kezet fogott velem, és mondta:

– Örvendek Lana.

– Helen Vance. – mutatkozott be.

– Én is örvendek. – jelentettem ki, majd megfogtam a karjánál, és oda kísértem a székhez, majd kértem, hogy üljön le. Leült, és a kezébe adtam egy pohár vizet, ami az ágyam alatt volt. Megfogtam a takarító eszközeit, és neki álltam takarítani.

Majd eközben elgondolkodtam. Hát ez felháborító. Még egy ilyen arcátlan alakot, mint doktor Migels. Hogy képzeli, hogy csak úgy figyelget engem a kamerán keresztül? Doktor Migels miatt, feldúlt állapotba kerültem. Kitakarítottam az egész szobát, viszszatettem az ágyra a takarót, a párnát, a szekrényt is felállítottam. Mindeközben Helen néni ott ült a széken, és figyelt engem.

Nem bírtam volna végig nézni, hogy ha ő takarított volna ki helyettem.

Miután, felsöpörtem mindenhol, és a szekrényt letörölgettem, utána leültem Helen néni mellé az ágyra.

– Mondja csak. hány éves? – kérdeztem.

– Hetvennegyedik évemet taposom már. – válaszolta alig hallhatóan.

– Mióta dolgozik itt? – kérdeztem.

– Tizenkét éve. – válaszolta.

– Egyébként már jártam a maga szobájában korábban is, amikor nem volt bent, kitakarítottam. -tette hozzá.

– Hát akkor köszönöm. – mondtam, gyengéd mosollyal az arcomon.

– Jól látom, kedves Lana, hogy nem kedveli a doktor urat? – kérdezte érdeklődően.

– Igen, nagyon jól látja. – válaszoltam, közben a szemöldökömet összeráncoltam.

– Amúgy minden nap ugyanebben a köpenyben vagy? – kérdezte Helen.

– Tulajdonképpen, három naponta hoznak be új hálóruhát, ami ugyanúgy néz ki mint a többi. – válaszoltam.

– Miért nem veheted fel a saját ruháidat? – kérdezte.

– Mert itt ezt a ruhát kötelező viselnem. – mondtam, és közben a számat félrehúztam.

– Sajnálom Lana. – mondta Helen.

– Ugyan, hát. kezdtem bele a mondatomba, miközben Helen néni félbeszakított:

– Lana, szerintem jobb ha én megyek.

– Ne menjen! – kértem rá.

– Sajnálom. – mondta. – majd megölelt, és utána kiment a szobából. Megint egyedül maradtam. Helen néni, nagyon kedves teremtés.

Remélem még fogom őt látni. Ohh.már 10:00 óra van? A falióra szerint igen, ami ott lóg a bejárati ajtó felett. Hol marad Ethan a gyógyszereimmel? Csak eszébe fog jutni, hogy be kellene hoznia a gyógyszereket. Vagy lehet, hogy nem?

Hát úgy döntöttem kimegyek a folyosóra. Amikor kinyitottam az ajtót, kinéztem és láttam, hogy Ethan siet a szobám felé. Mikor oda ért hozzám, visszasétáltam vele a szobába. Leültünk az ágyra. Majd a zsebéből kivette a gyógyszereket.

Nem adta a kezembe, csak tartotta a kezében. Most azt várja, hogy elvegyem tőle?

– Lana, én ezeket nem adom oda neked. – mondta Ethan, és közben a gyógyszereket nézte.

– Miért nem? – kérdeztem, meglepett arccal.

– Szerintem nincs szükséged rájuk. – felelte.

– Ezt nem teheted! – mordultam rá.

– De igen, megtehetem. – válaszolta, majd gúnyosan rám nevetett.

– Ezt most azért csinálod, mert nem mondtam még el, hogy döntöttem? – kérdeztem.

– Pontosan. – válaszolta.

– Ketyeg az idő Lana, nem várok sokáig rád. – fűzte hozzá, Ethan. El sem tudom képzelni magamat ezzel az emberrel. Nem tudom mit tegyek. Mit mondjak neki? Aztán hirtelen gondolkodás nélkül, a hasamra csaptam.

– Rendben van. – közben a földre néztem.

– Veled maradok, ha kiviszel innen. – sírásra görbült a szám.

– Jó választás. – elégedett vigyor volt az arcán. Felém fordult, és közelebb tette a fejét az enyémhez, majdnem egymáshoz értek már az ajkaink amikor hirtelen. Megcsörrent a telefon.

– Sajnálom Lana, ezt fel kell vennem. – mondta Ethan, és faképnél hagyott.

– Na és a gyógyszerek? – szóltam utána, de már nem is nézett vissza, egyszerűen elviharzott. Akkor ébredtem rá, mibe is mentem bele. Este 11 óra van. Nagyon félek. Egyszerűen rettegek. Nem tudtam bevenni a gyógyszereket.azt hiszem, hogy nekem tényleg szükségem van rájuk. Ülök az ágyon. Hirtelen remegni kezd a lábam. Mi ez a remegés a lábamban? Mégis mitől félek ennyire? Most már a kezeim is remegnek, pánikba esek, és kapkodom a fejemet jobbra– balra.

Fogaimat összeszorítom, és várom hogy mi fog történni. Nézem az ablakot, a fürdőszoba ajtaját, a kamerát, a falon az órát, de sehol semmi különös dolgot nem látok.

Aztán egyszer csak egy emberi alakot veszek észre. Lent ül a földön a sötétben, a fürdőszoba ajtaja előtt.

Érzem, hogy figyel engem. A látványtól hirtelen kővé dermedtem.

Meg sem tudtam mozdulni. Lefagytam. Vártam, hogy eltűnjön.

Becsuktam a szemem, azután egy perc után kinyitottam, remélve, hogy eltűnt. De még mindig ott van. Azután ezt megismételtem. Újra becsuktam, aztán kinyitottam a szemem, és még mindig ott ült. Nem hiszem el. Tűnjön már el. Elfeküdtem az ágyon, betakaróztam, és a fejemre húztam a paplant. Elaludtam. Másnap reggel 8:00 óra. Felébredtem, és mikor oda néztem a földre, a fürdőszoba ajtaja elé, már nem volt ott az az embernek kinéző alak. Megnyugodtam. Kimásztam az ágyból, és körülnéztem mindenhol a szobában. Először az ágy körül sétálgattam, azután bementem a fürdőszobába. Semmi szokatlan dologra nem lettem figyelmes. Kop kop.

– Ki az? – kérdeztem.

– Ethan. – köszörülte meg a torkát.

– Doktor Migels. – javította ki magát.

– Gyere be. – nyitottam ki az ajtót.

Besétált a szobába, köszönés nélkül elment mellettem, majd leült az ágyamra.

– Mit szeretnél? – keresztbe tettem a karjaimat.

– Téged. – felállt az ágyról, közelebb jött hozzám, majd a derekamnál fogva, magához húzott.

– Engedj el! – kiáltottam fel, és közben próbáltam kiszabadulni a karjai közül, de nem eresztett el.

Egyre szorosabban fogott.

– Csókolj meg Lana! – parancsolta.

– Nem! – utasítottam el fennhangon, arcomat félre húzva az arcától.

– Ugye tudod, hogy így akkor soha nem fogsz kijutni innen? – Kérdezte.

– Te most fenyegetsz? – néztem rá haragos tekintettel, majd ellöktem magamtól.

– Ha az enyém lennél, akkor minél hamarabb kikerülnél innen. – válaszolta.

– Jólvan. – sóhajtottam fel, tiéd vagyok. – közben csak Benett– re tudtam gondolni.

– Rendben, akkor nem sokára elmegyünk innen. – mondta, magabiztosan.

- Oké. – válaszoltam, lehajtott fejjel.

Ethan mint aki jól végezte dolgát, egy mosollyal az arcán távozott a szobámból. Az övé vagyok? Persze, még mit nem.Gyűlölöm ezt az embert! Örültem hogy végre elment, de aztán kopogtak az ajtón. Benyitott a szobába Ethan, és mondta:

- Lana, a gyógyszerek. – kezembe adta őket.

- És jut eszembe megjött a pszichiáter, Miss. Ivanov. – fűzte hozzá.

- Oké, jöjjön csak be. – válaszoltam, mosollyal az arcomon. A nyitott ajtó előtt, öt perc elteltével, már Natasa állt.

- Szia Lana, jó újra látni. – mondta sugárzó kedvességgel.

- Jónapot, magát is. – válaszoltam. Oda sétált hozzám, megölelt, majd utána leült a székre.

Elővette a füzetét, és keresztbe tette a lábait. Majd feltette az első kérdést.

- Folytassuk a gyermekkori emlékeiről való beszélgetést? –

- Hát, most már inkább az idősebb koromban történő dolgokról szeretnék beszélni. – válaszoltam.

- Miért? – kérdezte.

- Mert már nem vagyok benne biztos, hogy jól emlékszem a gyermek koromra. – félre húztam a számat.

- Rendben van. – jelentette ki, Natasa.

- Akkor bele is kezdek.

6. FEJEZET

2009. Február 7. 9 évvel korábban.

A tizennyolcadik születésnapom. Riemghcity egy látványos, és csendes kis város. Itt élek már kicsi gyerekkorom óta. A Hirtwest utca 5- ben, egy takaros kis családi házban, a szüleimmel. Az ajtón ahogy bemegyünk, jobbra van a nappali, ahol a szüleim alszank.

Balra pedig a konyha, és ha felmegyünk a lépcsőn a tizedik lépcsőfok után, jobbra pedig a szobám van. Minden nap ahogyan ma is, iskolába készülődtem. Reggel fél hétkor keltett fel az ébresztőórám. Kiugrottam az ágyból, felhúztam a lábamra a kék puha szörmés bokáig érő mamuszomat. Bementem a fürdőszobába, megfésültem a hajamat, utána összefogtam az egészet, és egy copfba hátra kötöttem.

Fogat mostam, majd egy szolid sminket tettem fel. Ezután kiszedtem a hajamból a hajgumit, megráztam a fejem, a hajam ettől, vagányabb formát vett fel. Vissza mentem a szobámba, kiválasztottam egy ruhát. Szűk világoskék farmer nadrágot, és egy fekete pántos blúzt öltöttem magamra. Közben bekapcsoltam a laptop-om, és két perccel később már jelezte, hogy email-ben értesítést kaptam a legjobb barátnőmtől, Stacy Goss-tol. Beérkező üzenet:

Stacy Goss: Jóreggelt, Lana. Boldog születésnapot!

Svetlana Lawson: Jóreggelt, ohh köszönöm szépen.

Stacy Goss: Este megünnepeljük?

Svetlana Lawson: Jajj, tudod hogy nem lehet, a szüleim nem engednek el.

Stacy Goss: De hát a 18.dik szülinapod van. Ne csináld már Lanaaa.

Svetlana Lawson: Majd még megbeszéljük. Na mennem kell suliba. Szia.

Stacy Goss: Oké szia. Ránéztem az órára, ami ott lógott a szobám falán.

8:10 percet mutatott. Szemet szúrt, hogy késésben vagyok. Lementem a lépcsőn, a konyhában összedobtam magamnak egy kis reggelit. Vajas parízeres kenyeret készítettem, két harapás belőle, a többit elcsomagoltam. Majd bepakoltam a táskámba, felvettem a hátamra, a lábamról levettem a mamuszt, – és tornacipőre cseréltem. Elindultam a Winderstille nevezetű iskolába. Nem laktam tőle messze, ezért gyalog jártam suliba. Útközben elszívtam egy cigarettát. Mindig csak suliba menet tudtam cigizni, mert otthon a szüleim kinyírtak volna érte. Nem voltam egy jó kislány, de rossz sem voltam. Inkább olyan aki egyszer ilyen egyszer olyan. De így egyedül csak Stacy fogadott el, és az egyik osztálytársam Lori Hill. Stacy a világon a legjobban ismer.

Már gyerekkorunk óta barátnők vagyunk. Ő leginkább le akarna szoktatni a cigiről, és folyton jó útra akar téríteni. De nem sikerül neki, mert közben meg Lori próbál belevinni a rosszba. Ő egy kissé pimasz, beképzelt, de mellette jószívű lány, aki ha rosszat csinál, jól érzi magát. Stacy ennek az ellentéte. Kedves, és ő egy angyali teremtés. Hatalmas szíve van, és mindig segítőkész. Én viszont a kettő között vagyok. Nem tudom, hogy angyali vagyok– e, vagy ördögi.?!

Amikor oda értem az iskolához. Eldobtam a cigi csikket. Megláttam Lori-t az iskola kapuja előtt állni, valószínűleg engem vár. Fekete szakadt nadrág, és egy fekete csinos top van rajta.

Cigi a szájában, – egy fekete bőr kabát a derekára van kötve. A táskája pedig a földön hever. Ahogy közeledek felé, egyre jobban látom rajta, hogy türelmetlen. Fekete rövid vállig érő haját igazgatja, és vakító kék szemei vérben forognak a dühtől. Integettem neki, de erre az ő reakciója másmilyen volt.

– Igyekezzél már! – kiáltott felém.

– Jövök már. – szedtem a lábaim.

– Amúgy Boldogot fafej. – köszöntött fel, kissé buta módon.

– Kössz szépen Lori. – válaszoltam.

Besétáltunk az iskolába, de már túl késő volt, fél órát késtünk. A tanterem felé igyekezve, Lori megfogta a karom, és megállított.

- Figyelj Lana, úgyis késve érkeztünk megint, nem akarok több igazolatlant,– sem pedig egyest kapni, szóval ne menjünk be órára. – győzködni próbált.
- Micsoda? – és akkor hogy igazoljuk le a napot? – kérdeztem zaklatottan.
- Majd megoldom. – mondta.
- Hát jó. – feleltem. Hova megyünk akkor? – kérdeztem.
- Megünnepelni a szülinapodat. – jelentette ki.
- Ohh de jó, benne vagyok. – kiáltottam fel, izgatottan.
- Szuper. – vágta rá Lori. Kimentünk a suliból, és amint elhagytuk az iskola területét, mindketten rágyújtottunk egy szál cigire.
- Na de most komolyan, hova megyünk? – nyugtalanság fogott el.
- Majd megtudod. – bökte rá válaszát.
Nagyon izgatott voltam útközben, de Lori csak a telefonját nyomkodta.
Majd egy óra sétálás után, megszólalt:
- Megérkeztünk.
- De hát ez egy. egy kocsma. – akadt el a szavam.
- Igen, de jó lesz meglátod. – bíztatott.
- Mit akarsz itt csinálni? – forgattam a fejem.
- Inni, bulizni, szórakozni. – felelte.
- Ugye tudod, hogy még sosem ittam? – kérdeztem.
- Persze hogy tudom. – nevetett fel.
- És még fiúd sem volt. – fűzte hozzá.
- Így van. – válaszoltam.
- Ez nagyon nem oké. – mondta.
- Mikor akarsz élni, ha nem most? – kérdezte feldúltan.
- Nem tudom, majd egyszer. – nyöszörögtem.
- Oké, most van az az egyszer. – mordult rám Lori.
- Na indulás befelé. – lökdösött be az ajtón. Hova hozott engem.?! Mikor beléptem, egy idősebb nőt pillantottam meg a pultban állni, és éppen kiszolgált valakit. Egy magas, közép testalkatú srácot. Aki háttal állt nekem, mégis furcsa érzés fogott el.

Fekete farmer nadrág, és egy sötétkék poló van rajta. Hm. Egyszerű öltözet, de mégis nagyon jól néz ki.

– Mit bámulsz annyira, Lana? – zökkentett ki Lori az álmodozásból.

– Semmit. – feleltem, és közben még mindig figyeltem azt a fiút.

– Lana, te azt a srácot nézed? – vonta össze a szemöldökét.

– Nem, dehogy. – vállat vontam. Azután pár perc elteltével a srác hátra nézett, és barna szemei úgy tűnt megakadtak rajtam. A sötét hajába beletúrt, majd rám mosolygott, azután vissza fordult a pult felé.

– Lana, az a srác nem hozzád való. – mondta.

– Ugyan miért? – kérdeztem.

– Hát mert inkább hozzám illene. – közölte.

– Ezt miből gondolod? – kérdeztem.

– Semmiből, de oda megyek hozzá.– és akkor meglátod. – mondta. Majd elindult egyenesen az ismeretlen fiúhoz. Mikor már mögötte állt, megkocogtatta a vállát. Újból hátra nézett, de Lori– ra nem mosolygott rá. Felhúzta a bal szemöldökét. Lori hozzá szólt. Mivel nem álltam hozzájuk túl közel, ezért nem hallottam mit mondott neki. De miután beszéltek, a fiú ismét visszafordult a pult felé. Lori visszasétált hozzám, és mondta:

– Megszerzem őt magamnak. – le sem vette a srácról a szemét. Azután oda ment a pulthoz, és kicsit később már alkohollal tért vissza a kezében.

– Üljünk le. – mondtam.

– Jó ötlet. – válaszolta.

– Oda leghátulra. – mutatott rá a legutolsó asztalra.

– Oké legyen. – leültünk az asztalhoz.

Lori háttal akart ülni a srácnak, ezért én ültem a belső részre. Én így pontosan ráláttam. Kérte, hogy szóljak ha figyeli őt. De a fiú nem fordult meg többször. Fogta magát, és köszönés nélkül távozott a kocsmából.

– Lana néz a srác? – bökött meg Lori.

– Hát ami azt illeti, most lépett le. – a szám elé tettem a kezem.

– De hát beszéltem vele. – mondta, zaklatottan.

– Miről beszéltetek? – karoltam át a vállát.

– Hát a neve Benett, és ma volt először itt, – ennyit tudtam meg. – keseredett el.

– Nyugodj meg, ha tetszettél neki biztosan megkeres majd. – öleltem át Lori-t.

– Már nem is érdekel az a srác. – lökte meg a vállam.

– Oké. – közben belekortyoltam az italba.

– Uhh. mi ez? – nagy nehezen lenyeltem.

– Vodka tisztán. – mondta. Mégegyszer beleittam, és már nem is volt olyan rossz íze. Több órán át csak ezt ittuk, mert Lori amint üres lett a poharunk hozott bele újra vodkát. Egyik pohár után, jött a másik. Azért három óra alkoholizálás után, már nem éreztem jól magam. Hányingerem lett, és szédültem. Lori-nak pedig semmi baja nem volt.

– Lori haza kell haza kell mennem. – nyögtem ki a szavakat. Olyan rosszul voltam, hogy ki kellett mennem az utcára levegőzni. Mikor kint álltam már az utcán, közvetlen a kocsma mellett, hányni kezdtem. Kis idő múlva, valaki mögöttem állt, és hátra fogta a hajam.

– Ki vagy? – kerekedtek ki a szemeim.

– Riley. – engedte el a hajam.

– És te? – kérdezte.

– Svetlana. – fordultam felé. Smaragd zöld szempár, szegezte rám a tekintetét. Szőkésbarna rövid hajába belekapott a szél.

– Jól vagy Svetlana? – kérdezte az idegen.

– Azt hiszem igen. – nyöszörögtem.

– Nos, rendben van. – sóhajtott fel.

– Vissza megyek a kocsmába, a barátnőm Lori még bent van. – közöltem. De ő neki más tervei voltak velem.

– Hazaviszlek. – érintette meg a vállam.

– Nem kell. – utasítottam el.

– De látom, hogy nem vagy jól. – felelte.

– Oké, vigyél haza. – kértem rá.

– Gyere itt áll a kocsim nem messze a parkolóban. – kísért az autójához.

Majd kinyitotta az ajtót, és beültem egy fekete Opel- ba. Nem tűnik rossz indulatúnak, de azt nem kérdezte hol lakom. Majdnem elaludtam már, amikor úgy éreztem, hogy egy ideje már úton vagyunk. Kezdtem megijedni.

– Hova megyünk? – szegeztem rá a tekintetem.

– Hát haza viszlek. – pillantott felém.

– Nem is tudod, hogy hol lakom. – néztem rá rémülten.

– Így van, ezért hozzám viszlek el. – kacsintott rám.

– Haza akarok menni, állj meg, és hadd száljak ki a kocsiból. – kérleltem, zaklatottan.

– Nem. – rázta meg a fejét. Nagyon megrémültem, azonnal kijózanodtam.

Ezért mikor nem figyelt, megfogtam a kilincset, és kinyitottam az ajtót, majd hirtelen kiugrottam a mozgó autóból.

Elég gyorsan hajtott, ezért nagyot estem, és csak forogtam míg nem egyszer megálltam, azután csak ott feküdtem a földön. Láttam hogy megfékezte az autót amint észrevette, hogy kiugrottam mellőle. Hátra vette az irányt az autóval, és felém közelített. Sietve feltápászkodtam, és próbáltam elfutni. Az erdő felé szaladtam, azután elbújtam egy fa mögé. A fa mögött állva hallottam, hogy kiszáll az autóból. Az erdőben járkál, és keres engem a nevemet kiabálva. Nem reagáltam rá. Azután egy kis idő múlva feladta. Vissza ült a kocsijába, majd elhajtott. Nem mertem a fa mögül sokáig még előjönni, mert féltem hogy visszajön.

Fél óra elteltével, vettem a bátorságot, és elindultam az úton vissza fele a kocsma irányába. Ahogy sétáltam, fájdalmat kezdtem érezni a karomban, és a lábamban. Megálltam.

Átnéztem a testem, és észrevettem, hogy több helyen megsérültem. Koszos lett a ruhám is. Elég nagyot estem. Körülbelül egy óra gyaloglás után, megpillantottam a kocsmát.

Egy pillanatra megálltam, és körül néztem, nincs- e itt a környéken az a srác. Nem láttam sehol. Remegve tovább indultam, és már ott álltam a kocsma előtt, majd kinyitottam az ajtót, és bementem. Lori ott ült, ahol hagytam. Lehajtva a fejét az asztalra. Oda mentem hozzá.

- Lori, jól vagy? – mozgattam meg a karját. Felemelte a fejét, és kábultan nézett rám.

- Lana rosszul. vagyok. – próbálta összerakni a szavakat. Nagyon szét volt esve. Nem tudtam mit kellene tennem, ezért elvettem a telefonját, es felhívtam az apját. Nem sokkal később el is jött érte. Nagyon idegesnek látszott, felkapta Lorit az asztaltól, és betette az autóba. Kérte, hogy hadd vigyen engem is haza. Beleegyeztem. Majd beszálltam egy szürke kocsiba, és elaludtam. 2018. Június 10.

Már egy éve a Svetlana nyomozás lezárása óta, minden nap úgy ébredek fel, hogy valami nincs rendben. Munkába indulás előtt gyakran eszembe jut, és így nehezemre esik a többi üggyel foglalkoznom. De ma elhatároztam, hogy nem érdekel mi történik, beszélni fogok a rendőr főnökömmel, hogy nyissuk ki újra a Svetlana aktát. Kimásztam az ágyból, ittam egy kávét, készítettem magamnak egy tojás rántottát. Miután megreggeliztem, bementem a fürdőszobába, felkötöttem a hajamat, fogat mostam. Kinyitottam a ruhás szekrényemet, és felvettem az egyenruhám. Bezártam az ajtót, lementem a lépcsőn, amikor kiértem az utcára, oda sétáltam a parkolóhoz, ahol a fekete Audim állt. Kinyitottam a kocsi ajtaját, majd beültem, és elindultam a munkahelyemre. Mikor oda értem, a szívem a torkomban dobogott. Nehezen mertem a főnöknek elmondani, a gondolatom.

Bekopogtam az iroda ajtaján.

- Jöjjön be. – mondta Matteo Black rendőrfőnök.

- Jónapot, elnézést a zavarásért, de mondanom kell valamit. – nagyot nyeltem.

- Csak tessék, Maria. – nézett rám, érdeklődően.

- Hát az a helyzet, hogy egy gyilkossági ügy, véleményem szerint, még nincs lezárva. – bátorkodtam kijelenteni.

- Ezt miből gondolja? – vonta össze a szemöldökét.

- Hát rengeteg gyilkossági ügyet lezártam már, mindig megoldottam a rejtélyeket is. Tudja. – igyekeztem a lényegre térni.

- De nem megy ki a fejemből, Svetlana Lawson története. – fűztem hozzá.

- Értem. – majd utána nézek. – válaszolta flegmán.

– Próbálja meg elfelejteni. -tette hozzá.

– Nem, maga nem érti. – mordultam fel hirtelen.

– Svetlana– ról nem tudom elhinni, hogy egy gyilkos. – szegeztem rá a tekintetem.

– Nagyon jól tudja, hogy hol van most. – csapott az asztalra. – De szerintem nem ott kéne lennie Lana– nak, értse meg. – könnybe lábadtak szemeim, az ijedtségtől.

– Na elég volt, Maria. – emelte fel a hangját, közben felállt a székről.

– Szedje össze magát, és a jelenlegi ügyeire koncentráljon, különben kényszer szabadságra küldöm. – ordított rám, Balck nyomozó.

– Rendben van. – válaszoltam lesütött szemekkel. Megpróbáltam elfelejteni az ügyet, de valahogy mégsem hagyott nyugodni. Mégis miért ölte meg a saját szerelmét? És miért nem vették észre rajta korábban már, hogy megőrült? Miért nem próbált meg valaki segíteni neki? Egyszerűen nem áll össze a kép. 10 éve benne vagyok már a szakmában, de ez az ügy számomra érthetetlen. Minden nap eszembe jut, hogy mit tettem volna az ő helyében. Talán Leon a rendőrtársam, komolyabban fog venni. Megpróbálok beszélni vele is erről. Megláttam ahogy igyekezett be az irodájába. Gyorsan elindultam felé.

– Szia Leon. – kiáltottam utána.

– Jóreggelt Maria. – intett vissza.

– Beszélnünk kell. – állítottam meg az ajtóban.

– Persze, mondd nyugodtan. -tessékelt be az irodába. Van értelme, hogy elmondjam neki? 2009. Február 8.

Másnap reggel Lori otthonában ébredtem fel. Nem emlékszem semmire, csak arra hogy részegek voltunk.

– Jóreggelt. – nyújtózkodtam.

– Jóreggelt, Lana. – ásítozott Lori.

– Hogy jutottunk haza? – kérdezte.

– Azt hiszem apukád hozott haza minket. – válaszoltam szűkszavúan.

– Hogy micsoda? – förmedt rám Lori.

– Hát elég rosszul néztél ki, úgy éreztem egyedül nem tudok segíteni rajtad. – fogtam meg a vállát.

– Remek, most miattad nem mehetek majd sehova. – fogta rám a dolgot.

– Hogy mondhatsz ilyet? – háborodtam fel.

– Takarodj haza, utállak. – küldött el a házból.

– Ne csináld már, én csak segíteni akartam. – vontam öszsze a szemöldököm.

– Magadon segíts. – ütötte meg az arcom.

– Te magadnál vagy? – égett az arcom a pofontól.

– Menj már el innen! – lökdösött ki az ajtaján.

– Te nem vagy normális. – fogtam az arcom, és közben hátráltam kifelé.

– Jólvan, elmegyek. – rohantam ki a házból. Mi ütött ebbe a lányba? Elindultam hazafelé, szerencsére nem laktam olyan messze. Útközben felhívtam Stacy-t. Kicsöng. Háromszor kicsengett, majd beleszólt.

– Szia Lana.

– Szia, képzeld el mi történt.

– Na mesélj.

– Lori– val tegnap suli helyett, a szülinapomat mentünk ünnepelni.

– Na ez jól hangzik.

– De várjál, elvitt egy kocsmába.

– Hogy micsoda, Lana?

– Bizony. és ez még nem minden, részegek voltunk.

– Úristen.

– Mindegy, majd átmegyek később szia.

– Oké gyere csak, szia. Letettem a telefont. Már csak pár lépés, és otthon vagyok. Próbáltam felidézni a történteket. Haza értem. Bementem a bejárati ajtón, körbe néztem, anya és apa aludtak, ezért halkan felszaladtam a lépcsőn a szobámba.

Annyira másnapos voltam, hogy amint beértem a szobába, rádőltem az ágyra, és elaludtam. Két órával később arra keltem, hogy volt vagy hat nem fogadott hívásom Stacy-től. Fogtam a telefonom, a kijelzőn rá kattintottam a hívás gombra, és már tettem is a fülemhez, majd ki is csöngött.

– Szia, Lana végre már.

– Szia, sajnálom aludtam már amióta haza értem.

– Ha most átmegyek az jó?

– Persze, siess Lana.

– Oké na szia.

– Szia. Összeszedtem magam, és bementem a fürdőszobába lezuhanyozni. Utána felöltöztem. Egy fekete nadrágot, és egy fehér pánt nélküli blúzt vettem fel, föléje pedig egy fekete bőrkabátot. Visszamentem a fürdőszobába, sminkelni. Korábban nem használtam vörös rúzst, de most úgy gondoltam illene ehhez a szetthez. Megálltam a tükörnél nézegetni magam. Eszméletlenül jól néztem ki. Végül nem utolsó sorban a középhosszú sötétbarna hajamat, kiegyenesítettem. Nem volt más hátra, mint felvenni a fekete tornacipőm, ami fehér fűzővel volt díszítve. Azután útnak indulni Stacyhez. Több óra készülődés után, végre elindultam. Nem volt még jogosítványom. Ami azt illeti, nem is szerettem volna autót vezetni. Én inkább motorozni szerettem volna, de a szüleim túlságosan is aggódtak értem. Viszont bicajom az volt, úgy döntöttem azzal megyek, mert nem lakik olyan közel hozzánk, Stacy.

Kinyitottam a garázst bementem, és a családi autónk mellett, ott állt a fekete bicajom. Rápattantam, és már tekertem is vele ki a garázsból, utána vissza csuktam a garázs ajtaját. Útközben a hajamba kapott a szél. Kellemes érzés fogott el. Mikor már félúton voltam Stacy-től, becsuktam egy pillanatra a szemem. Nem figyeltem, hogy közben kisodródtam az úttest közepére. Kinyitottam a szemem, és láttam hogy egyenesen nekem jön egy autó, abban a pillanatban amilyen gyorsan csak tudtam leugrottam a bicikliről. Pár perccel később már a földön feküdtem, a járda szegély melett. A bicajom pedig az úttest szélén hevert.

Felemeltem a fejem, és először egy fekete sport cipőn akadt meg a szemem. Feljebb néztem, és megláttam előttem állni fekete nadrágban, szürke pulcsiban Riley-t, aki tegnap kis híján elakart rabolni.

– Úristen, Lana jól vagy? – sietett felém megrémülve.

– Igen, jól vagyok. – próbáltam felkelni a földről, de a térdemre estem, és fájdalmas volt megmozdítani.

66

- Hadd segítsek. - nyújtotta a karját.

- Nem kell. - utasítottam el.

- Ne már Lana, engedd, hogy kárpótoljalak érte.

- Na jólvan. - engedtem, hogy felsegítsen a földről, és a kocsijába tegyen. Nem tudtam mi mást tenni. Az utca kihalt volt, sehol egy lélek, a telefonom ripityára tört, csak Riley volt akire számíthattam. Egy kicsit féltem, de valóban kellett a segítsége. Megint itt ülök az autójában. Most még erőm sincs elmenekülni.

- Mondd, Lana miért ugrottál ki tegnap a kocsimból? - nézett rám, nagy szemekkel.

- Hát elakartál rabolni, sőt még most is ezt gondolom. - magyaráztam.

- Nem akartalak elrabolni, csak haza vittelek volna magamhoz. - mosoly kerekedett az arcán.

- Hát, akkor félreértettem. - néztem rá, meglepett arccal.

- Hát egy kicsit. - nevette el magát.

- Sajnálom. - nevettem el magam, közben megérintettem a vállát. Hirtelen megfékezte az autót. Leparkolt a kórháztól nem messze.

- Miért álltál meg? - néztem körül ijedten.

- Szerinted melyikünk volt a hibás? - szorította a kormányt, és közben előre nézett.

- Nem tudom, de szerintem én voltam. - sóhajtottam fel.

- Miből gondolod? - csukta be a szemét.

- Mert én mentem ki véletlenül az út közepére. - bátorkodtam kijelenteni.

- Hát szerintem is. - fogta meg a karom, és elkezdte szorítani.

- Áu. - kiáltottam fel.

- Engedj el. - rántottam ki a csuklom a keze közül.

- Sajnálom, nem tudom mi ütött belém. - próbált mentegetőzni.

- Vigyél a kórházba. - ordítottam fel.

- Oké már is indulunk tovább. - idegesen vezetni kezdett. Amikor oda értünk a kórházba, kipattant a kocsiból, és megkerülte az autót, majd kinyitotta nekem az ajtót. Meglepett egy kicsit azok után, ahogy eddig bánt velem. Megfogta a karomat, és a vállára tette, így bicegtünk be az ügyeletre. Leültünk, és vártuk, hogy ki jöjjön valaki hozzánk. Azután fél órával később, bemehettem a rendelőbe.

Nem történt nagy baj, csak felhorzsoltam a térdem, és egy kis boka ficam. Hamar elintézték, utána mikor kimentem a rendelőből ott várt a váróban Riley nyugtalanul. Mikor meglátott rám mosolygott, és oda sétált hozzám. Átkarolt, és kivezetett a kocsihoz.

Beültünk, majd hátradőlt, és megkérdezte.

– Mit szeretnél csinálni? – mosolygott rám.

– Nem is tudom. – lepődtem meg.

– Randizzunk. – fogta meg a kezem.

– Őő. rendben. – pirultam el. Közben eszembe jutott Stacy, hogy nem tudja mi lehet velem, és különben meg hozzá indultam. De valahogy ezzel a sráccal akartam maradni.

– Akkor elvihetlek valahová? – nézett rám, érdeklődően.

– Igen. – felcsillant a szemem.

Elindultunk, és én végig izgultam az egész úton. Nagyon kíváncsi voltam hova visz, és mit akar tőlem. Egy óra kocsikázás után, megérkeztünk egy étteremhez. Kiszálltunk, és bementünk. Leültünk az egyik ablak melletti asztalhoz. És néztük az étlapot.

– Lana te mit kérsz? – kérdezte.

– Hát nekem jó lesz rántott hús, rizzsel. – válaszoltam.

– Oké nekem is. – nézett rám mosolyogva.

– Amugy tegnap volt a szülinapom. – félre húztam a számat.

– Ohh. Hát akkor Boldog szülinapot így utólag. – harapdálta az ajkát.

– Köszönöm. – vállat vontam. Miután megebédeltünk, azt mondta megünnepli velem a szülinapomat.

Ezért aztán elvitt kocsikázni, hangos zene bömbölt útközben. Elmentünk sétálni, egy vízpart közelében. Leültünk egy padra beszélgetni. Együtt töltöttük az egész délutánt. Majd mikor beesteledett, azt mondta elvinne egy buliba. És hogy bízzak benne. Mit tehettem volna, megbíztam benne.

Közben gyötört a bűntudat, hogy se a családom nem tudja hol vagyok, se Stacy. De mégis annyira jó volt szabadnak lenni, hogy nem akartam elengedni ezt az érzést, amire már olyan régóta vágytam. Elmentünk hát abba az éjszakai klubba. Minden nagyon jól indult. Ott álltunk a pultnál, ahol megjelentek a barátai is.

Sörözni kezdtek, meg össze öntötték az alkoholos italokat, és szórakoztak.

Közben nekem is vett egy italt, utána elment a mosdóba, a haverjai pedig rám mozdultak. Nem tudtam mit tegyek, pofon ütöttem az egyiket a másikat, meg ellöktem magamtól, ketten voltak ellenem. Amikor visszajött Riley, a barátai csendben álltak előtte, mintha mi sem történt volna. Feleslegesnek tartottam hogy elmondjam neki. Ezért inkább nem szóltam erről. Vajon ő is olyan mint a barátai, csak titkolja? Sosem randiztam még egy fiúval sem, fogalmam sincs milyen érzés az első csók, és a szerelmes érintés. Bíztam Riley– ban, és nem kételkedtem abban, hogy ő jó ember. Felé fordultam, és megérintettem az arcát. Ő pedig rátette, a kezét a kezemre. Úgy éreztem, lehet hogy rosszul kezdődött vele az első találkozás, de mégis csak ő lenne az, akire egész életemben vártam? Most kellene, hogy megtörténjen az első csók? Elvettem a kezem az arcáról, és elkezdtem igazgatni a hajam, a ruhám. Majd rám nézett.

– Csak nem zavarban vagy? – nevetni kezdett.

– Nem, dehogy. azt hiszem csak úgy éreztem mászik rajtam valami. – menteni próbáltam magam a kínos helyzetből.

– Aha, értem Lana. – összenéztek a barátaival. Egy pillanatra úgy éreztem, hogy nevetséges vagyok, és szégyelli, hogy magával hozott.

– Valami gond van? – kérdezte Riley.

– Nem, minden oké. – hadartam el a mondatot.

– Gyere táncolj velem. – megfogta a kezem, és a táncparkett közepére rángatott. Majd a derekamnál fogva, magához húzott, és az öveink összeértek. A csípőnk egyszerre ringatózott, és hirtelen fülledt lett a levegő. A zene dübörög, és a ritmus gyors. Nehezen tudom felvenni ezt a tempót. Közben forróság járta át a testem. A szívem nagyon gyorsan ver, és izzadni kezdett a tenyerem. Hányingerem lett, és csak arra tudtam gondolni, hogy most mi jön ezután. Összekapaszkodva táncoltunk órákon át, és éreztem, hogy vágyom az érintésére. A következő pillanatban már lassú zenére táncoltunk, összebújva. Nagyon romantikus volt ez az egész. A vállára hajtottam a fejem, és becsuktam a szemem. Egy kis idő elteltével, már az arcom közelebb ért az övéhez. Találkozott a tekintetünk, sokáig néztünk egymás szemébe. Azután a fejével közeledni kezdett az arcom felé. Az egyik kezét az arcomra tette a másik a derekamon volt. Nagy levegőt vettem, és becsuktam a szemem, közben éreztem hogy a számhoz értek az ajkai. Megcsókolt. Utána nehezen bírtuk megállni, hogy ne érezzük újra egymás ajkát, ezért aztán egyre hevesebben kezdtünk csókolózni. Mire feleszméltem, a lakásán voltam. Az ablakon át besütött a szobába a nap sugara. Reggel van. És én itt aludtam egy fiúnál akit két napja ismerek. Feküdtem a kanapén, csak egy takaró volt rajtam. Meztelen voltam. Mi történhetett? És hol van Riley? Kétségbeestem. Felálltam a kanapéról, gyorsan felöltöztem, és dölöngélve körül néztem a házban.

7. FEJEZET

Nem találtam Riley-t sehol sem. A szüleim most nem lennének büszkék rám. Azután vissza dőltem a kanapéra. Próbáltam visszaemlékezni arra, hogy hogyan kerültem ide. Miért történt ez velem? Táncoltunk egy éjszakai klubban, és ittam valamilyen alkoholt de azt nem tudom milyen fajta volt. Lefeküdtem vele? És most hogyan tovább?

– Jóreggelt, Lana. – hallatszódott az előszobából Riley hangja. Na végre itt van már, most kiderül minden.

– Jóreggelt, mi történt az este? – zaklatottan ültem a kanapén.

– Hát szerinted mi történt kettőnk között? – gúnyolódni kezdett.

– Miért vagyok meztelen? – ordítottam fel.

– Tudod te. – vigyorgott rám.

– Nem, nem tudom. – könnybe lábadtak szemeim.

– Elveszítetted a szüzességed. – nevetett fel.

– Ne röhögj már. – sírásra görbült a szám.

– Na de most menj haza. – mutatott az ajtó felé.

– Micsoda? – háborodtam fel.

– Majd később felhívlak. – bement a fürdőszobába, és becsapta előttem az ajtót.

– Ezt most komolyan gondolod? – kérdeztem, idegesen. Nem válaszolt rá semmit. Úgy döntöttem, elmegyek.

De viszont soha többé nem akarom őt látni. Teljes szívemből meggyűlöltem.

Egy ilyen embernek adtam oda magam. Hogy lehettem ilyen naív?

Kimentem az ajtón, és teljes erömből becsaptam magam után. Szégyenkezve ballagtam hazafelé, szerencsére Riemghcity– ben lakott ő is, így nem volt nehéz haza találni.

Mikor háromnegyed óra múlva haza értem, és kinyitottam a bejárati ajtót, a szüleim nagyon mérgesen ültek az asztalnál.

– Merre jártál? – ordított fel anyám.

– Hosszú történet. – félre húztam a számat.

– Indulás befelé a szobádba. – parancsolt rám apám.

– Jólvan megyek már. – sóhajtottam fel.

Tudtam hogy itthon ez vár rám, mégis ostoba módon bajba kerültem. A telefonom is tönkre ment, azt sem tudom hol hagytam. Figyelmetlen, és hülye voltam. Most megkapom ennek a következményeit. Felmentem a szobámba, és a laptopomat bekapcsoltam. Bíztam abban, hogy Stacy nem utált meg engem. Tizenkét értesítést kaptam Stacy-től. Beérkező üzenetek:

Stacy Goss: Szia na elindultál már?

Stacy Goss: Lanaa, itt vagy?

Stacy Goss: Miért nem lehet elérni téged telefonon?

Stacy Goss: Bajban vagy?

Stacy Goss: Ez nagyon nem vall rád, hol vagy már?

Stacy Goss: Merre vagy?

Stacy Goss: Most már kezdek aggódni érted.

Stacy Goss: Elakartam veled menni, megünnepelni a szülinapodat.

Stacy Goss: Mivan veled?

Stacy Goss: A barátságunknak vége.

Stacy Goss: Na jó nincs vége, de akkor válaszolj már.

Stacy Goss: Oké, tényleg végeztünk.

Miután ezeket végig olvastam, rájöttem, hogy megérdemlem, hogy többé Stacy ne barátkozzon velem.

Fogalmam sem volt, mit írjak neki vissza. Csalódtam magamban, és bizonyára ő is csalódott bennem. Azt hiszem én inkább, Lori-ra hasonlítok. Nem vagyok jó barátnő, és nem vagyok megbízható. Nem érek fel soha Stacy-hez. Ő valóban egy angyali lány, és mindig mellettem állt, megbocsátott nekem, de ezt már nem akarom, hogy elnézze. Fogtam magam, és átmentem Lori-hoz, kisurrantam a házból. Igaz hogy büntetésben voltam, de ennél rosszabb már úgy sem lehet.

Miközben Lori háza felé tartottam, belül ostorozni kezdtem magam.

Nagyon furcsa érzés kapott el. Ki vagyok én? Elképzelhető, hogy a rossz tetteim után magamba fordultam, de csak mert elveszítettem önmagamat. Bekopogtam az ajtón.

– Mit akarsz Svetlana? – nyitotta ki az ajtót Lori.

– Hát sajnálom, hogy múltkor szóltam apádnak róla. – félre húztam a számat.

– Szóval többet nem lesz ilyen? – vonta össze a szemöldökét.

– Nem lesz ilyen. – kényszer mosoly kerekedett az arcomon.

– Oké hiszek neked, gyere csak be. – invitált be a házba.

– Na mesélj, merre jártál mostanában? – kíváncsi volt a tekintete.

– Hát azt hiszem, rosszat tettem. – néztem rá, szomorúan.

– Na végre valami jó hír. – nevetett fel.

– Hát ez nem túl jó. – kerekedtek ki a szemeim.

– Ugyan már, mit tettél? – kérdezte.

– Lefeküdtem egy sráccal akit, még csak alig ismerek. – öszszeszorítottam a fogaimat.

– Ennyi? – csalódott volt az arckifejezése.

– Hát igen ennyi, de ez szerinted nem elég? – Kiabáltam.

– Nyugodj már meg, én csak azt hittem kiraboltál egy bankot, vagy ilyesmi. – hangos nevetésbe kezdett.

– Hát ez kedves. – forgattam a szemem.

– És most akkor együtt vagytok azzal a sráccal? – nézett rám érdeklődően.

– Úgy gondolom.hogy nem. – akadt el a szavam.

– Miért? – lepődött meg.

– Mert haza küldött. – lesütöttem a szemeimet.

– De azt nem mondta, hogy majd találkoztok? – fogta meg a vállam.

– Annyit mondott hogy később felhív, de nem is tudja a telefonszámomat, és látta, hogy szét volt törve. – keseredtem el.

– Lehet csak arra kellettél neki. – nevetett fel.

– Szerinted ez vicces? – emeltem fel a hangom.

– Nem, csak tudod van ilyen. – vonta meg a vállát.

– Igen, most már tudom. – húztam fel a szemöldökömet.

– Nem akarsz bosszút állni? – harapta meg az ajkát.

– Hogyan tudnék bosszút állni rajta? – nevettem el magam.

– Majd megtudod. – megölelt.

– Öltözz át, és utána elmegyünk valamerre. – adta a kezembe a dögös egyberészes, kivágott fekete ruháját.

Átöltöztem. Belenéztem a tükörbe, és alig ismertem magamra.

Csinos voltam, de már nem a megszokott módon. Elindultunk egy helyre, aminek nem árulta el a nevét.

– Már megint hova megyünk? – idegesen néztem rá.

– Nyugodj meg, jó helyre viszlek. – nyugtatott meg.

– Miért megyünk Riley háza felé? – aggódni kezdtem.

– Hát másképpen nehéz lenne bosszút állni. – válaszolta.

– Tehát átmegyünk hozzá? – háborodtam fel.

– Igen. – nevetett fel. Oda értünk Riley lakása elé. Nem mertem bemenni, éreztem, hogy ebből jó nem fog kisülni. Bekopogott Lori az ajtón.

– Helo, hát ti mit kerestek itt? – nézett ránk meglepődve.

– Én inkább haza megyek. – fordultam háttal nekik.

– Gyere már. – húzott vissza Lori, és belökdösött az ajtón. Azt hittem csak hárman leszünk, de ahogy beljebb léptem, a ház tele volt idegen arcokkal. Ez egy házibuli. De mégis hogy gondolhatta Lori, hogy ez jó ötlet? Itt vagyok annak a fiúnak a lakásán, aki csúnyán átvert. Lori szerint ez így rendben van. Hangos zene szólt, alig lehetett hallani, hogy mások miről beszélgetnek.

– Lana engedd el magad. – bökte meg a karom Lori.

– Nem megy, egyszerűen azt sem tudom miért is vagyok itt. – dühöngeni kezdtem.

– Na jó elmondom a tervemet, elcsábítom Riley-t, azután jól faképnél hagyom. – izgatottan magyarázta.

– Szerinted ez annyira rosszul fog esni neki? – vontam öszsze a szemöldökömet.

– Persze, hát ő az a fajta aki nem bírja az elutasítást. – mosolyogva nézett rám.

– Oké, te tudod. – vontam meg a vállam.

Leültem a kanapéra, búslakodtam. Én szerettem volna Riley– val együtt lenni. Fáj, hogy neki én nem kellek mint barátnő.

Lori idehívta hozzám Riley-t, és előttem kezdte őt csábítgatni. Kellemetlen helyzetbe kerültem, de csak abban reménykedtem Riley vissza kapja amit velem tett. De ami ezután történt az hihetetlenül nagy meglepetés volt számomra.

– Figyelj Lori keress magadnak másik partnert, én Lana– val szeretnék lenni. – utasította el Riley.

– Hogy mivan? – ütötte arcon. Riley fogta, és bement a konyhába. Lori felém fordult, és nagyon haragos tekintettel nézett rám. Úgy éreztem nem erre számított, ahogy én sem. De most hogy Riley kimondta amire vágytam, boldognak éreztem magam.

– Lana gyere menjünk innen. – szorította meg a karomat Lori.

– De hát nem örülsz, hogy mégsem csak arra kellettem Riley– nak? – kerekedtek ki a szemeim.

– De persze, nagyon jó. – forgatta a szemeit.

– Mi a baj Lori? – fogtam meg a vállát.

– Te tényleg egy ilyen alakkal akarsz lenni? – mordult fel hirtelen.

– Hát most már úgy látom minden rendben vele. – mosolyogtam.

– Chh. oké te tudod. – lökte meg a karom. Bement a konyhába, kezébe vette a vodkát, majd üvegből inni kezdett. Riley oda jött hozzám, és azt mondta sajnálja ami történt. Én persze egy könnyen nem bocsátottam meg. Mondtam neki hogy adjon egy kis időt, és majd meglátjuk mi lesz ebből. Beleegyezett. Majd adott egy puszit az arcomra. Amikor megláttam, hogy Lori a földön feküdt, oda rohantam hozzá és felkaptam a földről. Majd leültettem egy székre.

– Mit művelsz magaddal? – rángattam meg a karját.

– Hagyjál békén. – lökött el magától.

– Ezt fejezd be! – ordítottam. Az nap este Lori– ban elszakadt valami. Rágyújtott egy szál cigire, majd faképnél hagyott. Fél órával később aggódni kezdtem érte, ezért úgy döntöttem utána kell mennem. Rohantam ahogy csak bírtam, útközben még a bokám is kificamodott. Haza érhetett már? Vagy még utolérhetem? Nagy nehezen utolértem. De nem akart szóba állni velem.

– Hadd segítsek Lori. – szóltam hozzá.

– Menj már el innen. – leült a földre.

Leültem mellé, és elbóbiskoltam. Amikor magamhoz tértem, láttam hogy Lori kavicsokkal dobál egy házat.

– Hagyd abba. – kiabáltam oda neki.

– Lana te ezt nem értheted. – nevetni kezdett.

– Lori fejezd már be! – mordultam rá.

Hirtelen közelített felém, egy nagyobb kaviccsal a kezében. Azután képszakadás. Nem emlékszem másra, csak arra hogy mikor újra magamhoz tértem nagyon fájt a fejem, és vérzett is egy kicsit.

– Mi történt? – kérdeztem zavarodottan.

– Hát kavicsokkal dobáltad egy idős néni házát, és Lori félre lökött, mert nem akartad abba hagyni. – magyarázta.

– Egyébként én Amy vagyok. – nyújtotta a kezét.

– Amy? – kérdeztem vissza.

– Igen. – mosolygott rám.

– Nem Lori vagy? – néztem rá rémülten.

– De igen. – suttogta.

– Most akkor ki vagy? – néztem rá érthetetlenül.

– Lori vagyok te butus. – kacagni kezdett. Megrémültem, és teljesen összezavarodtam. Lori-t felismerem, de miért nevezi magát Amy– nek is?

Úgy érzem magam, mintha megőrültem volna. Mintha egy másik dimenzióba kerültem volna át. Próbáltam összeszedni magam.

– Lori gyere menjünk haza. – leült mellém, és egy ideig csak vigyorgott rám. Megijedtem, már nem tudtam tovább mellette maradni. Felálltam a földről, és haza felé vettem az irányt.

Sötét volt, sehol senki nem volt az utcán. Lori pedig nagyon ijesztő volt.

Menekültem előle. Éreztem hogy követ valaki, de nem mertem hátra fordulni. Amikor már ismerős utcában voltam, megnyugodtam.

Már csak pár lépés, és otthon vagyok.

Azután hirtelen hátulról tépni kezdte valaki a hajam. Mikor már a földre rántott, megláttam Lori-t. Iszonyú pánik tört rám.

Remegni kezdtem, és kérleltem, hogy engedjen el. Szerencsére elengedett, és elfutott.

Remegő lábakkal, indultam tovább a házunk felé. Amikor az ajtó előtt voltam, hátra néztem, és zavarodottan kapkodtam a fejem.

Sokkos állapotba kerültem. Azt hittem ez idővel majd elfog múlni, de nem így történt. Több napig ki sem mertem mozdulni a lakásból. Az ágyamon ülve, dőltem előre, és hátra. Hintáztam. Azután egy napon, Lori eljött hozzám. Kinyílt a szobám és mikor megláttam őt, az egész testem remegett, és félelem járta át a testem.

– Jól vagy Lana? – közelebb sétált felém. Nem tudtam megmozdulni, sem pedig megszólalni.

– Lana, szólalj meg. – rángatta a karom.

– Menj. el. – nyöszörögtem.

– De mi a baj? – nézett rám, kíváncsian.

– Tűnj el! – ordítottam. Berontott a szobába anyám, és a kinézetemtől, megdermedt.

– Uramisten Lana. – kiáltott fel.

– Lori, te tudod mi történt vele? – kérdezte anyám.

– Nem, fogalmam sincs. – vonta meg a vállát.

– Lori el kell menned. – küldte el.

– Rendben van, szia Lana., Miss Lawson. – kiment a szobából.

– Anya! – kiáltottam fel.

– Itt vagyok kislányom. – fogta meg a kezem.

– Lori tette ezt. – akadt el a szavam.

– Miről beszélsz Lana? – aggódó tekintettel nézett rám. Anyám kiment a szobából, és mikor vissza jött egy orvos is volt mellette. Megvizsgált, azután közölte anyámmal, hogy depressziós vagyok.

Felírt nekem gyógyszereket.

Nyugtatót, és hangulat javítót. Több évig szednem kellett a gyógyszereket.

2 évvel később. Apám miután szívrohamot kapott, és életét vesztette, anyám is teljesen magába zuhant. Nem vett észre semmit abból, ami körülöttem történt.

8. FEJEZET

2013. Szeptember 7.

Befejeztem az iskolát, magántanulóként. Hosszú folyamat volt, de végül sikerült. A depressziós időszakom befejeződött. Huszonkét évesen elkezdtem egy menyasszonyi ruha szalonban dolgozni. A szakmámban helyezkedtem el. Nagyon jól ment az életem. Szuper munkahelyem volt, és Stacy– vel újra a legjobb barátnők lettünk. Minden nagyon jól alakult az életemben. Megszereztem huszonegy éves koromban a motor jogosítványt, és most már van egy motorom is. Stacy–vel bulizni jártunk, és nem ittunk sokat, de jól szórakoztunk. Ma is egy buliba készülődtünk így szombat este. Stacy hátra kötötte hosszú szőke haját, és a tincset ami mindig belelógott a tengerkék szemébe, eltűrte a füle mögé. Csinosan felöltöztünk. Én egy fekete nadrágot, és egy divatos kék hosszú ujjú felsőt vettem fel. Ő pedig egy fehér nadrágot, és egy fekete hoszszú ujjú inget.

– Na jó leszek így? – nézegette magát a tükörben.

– Persze. – mosolygtam.

– Indulhatunk? – kérdezte. Fogtuk magunkat, és elindultunk a buliba.

Amikor oda értünk, azonnal a táncparketthez siettünk. Táncolni kezdtünk. Nagyon jól éreztük magunkat. Két órával később oda mentünk a pulthoz, italt kérni.

A pultban egy magas, középkorú nő állt. Elég lassan szolgált ki minket, mert rengetegen voltak. Belegondoltam, hogy menynyi ilyen jó bulit hagytam ki az életem során.

Előbb kellett volna Stacy–vel beszélnem, és nem történt volna meg semmi olyan rossz dolog, amiken keresztül kellett mennem. Sosem hittem, hogy valaha újra jóban leszünk. Cserben hagytam őt jópárszor már életemben. De valóban arany szíve van, mert még azok után is szóba állt velem. Kerek volt végre már az életem, semmi másra nem volt szükségem úgy éreztem. Leültünk pihenni, a táncparkett közelében lévő ülőhelyre, ami egy magasabb szinten volt, és inni kezdtünk. Én csak vizet ittam, mert nem akartam másnapos lenni, amióta több éve megtapasztaltam milyen is az. Ő pedig egy whiskey-t ivott cola– val. Körül néztem, és láttam ahogy az emberek vidáman táncolnak, és jól érzik magukat.

– Lana, mivan azzal a Riley Coleman nevű sráccal? – kérdezte.

– Hát csak annyi történt, amennyit elmeséltem. – válaszoltam.

– Miért kérdezed? – néztem rá.

– Hát mert azóta eltelt már négy év. – keredtek ki a szemei.

– Tudom, és nagyon jól megvagyok pasi nélkül. – fogtam meg a vállát.

– Oké, csak gondoltam érdekelne téged, hogy mi lett vele. – mosolygott rám.

– Hát nem nagyon érdekel, együtt töltöttünk egy éjszakát, azután nem találkoztunk többé. – magyaráztam.

– Biztos nem találkoztatok, vagy csak nem emlékszel? – kérdezte.

– Nem tudom, inkább hagyjuk ezt a témát. – megöleltem.

– Rendben van, sajnálom. – simogatta meg a fejem. Nem is hittem volna, hogy azon az estén találkozom életem szerelmével. Nézem az embereket, és azon elmélkedem, hogy akik öszszebújva táncolnak. Vajon tényleg szeretik egymást? Nekem úgy érzem nem való a szerelem. Nem akarok érezni már ennél is több fájdalmat, és nem akarok újra csalódni sem. Miközben ezen agyaltam, Stacy-t felkérte egy srác táncolni. Örült neki, és természetesen elment vele. Jó érzés volt őt ennyire boldognak látni. Mekkora örömöt tud okozni, már csak az, ha egy férfi felkér táncolni egy nőt.

Ott ültem, és kortyolgattam a pohár vizemet. Ábrándoztam azon, hogy vajon mi hiányzik az életemből.

Úgy döntöttem én is táncolok, de mivel engem nem kértek fel, ezért egyedül indultam a táncparkett felé.

Egy pillanatra elfelejtettem, hogy magassarkú cipő van rajtam. Így amikor felálltam az ülőhelyről, megbotlottam az egyik lépcsőfokban.

Elveszítettem az egyensúlyt. Elkezdtem oldalra dőlni, és hirtelen valaki karjaiban találtam magam. Amikor kinyitottam a szemem, ismerős nagy barna szempár nézett vissza rám. Valahonnan nagyon ismerős volt. Egymás szemébe néztünk, és az idő megállt körülöttünk. A disco fényei megvilágították az arcát, és megláttam angyali mosolyát. A szívem majd kiugrott a helyéről, szaporán vettem a levegőt, és akkor már tudtam, hogy ő az aki eddig hiányzott az életemből.

– Szia, a nevem Benett Brown. – nyújtotta a kezét.

– Szia én pedig Svetlana Lawson. – fogtam vele kezet.

– Nem találkoztunk mi már valahol? – nézett rám csillogó szemmel.

– De azt hiszem igen. – mosolyogtam.

– Talán még négy évvel ezelőtt láttalak. – érintette meg az arcom.

– Igen, egy kocsmában. – léptem hozzá közelebb.

– Hát nagyon örülök, hogy most újra láthatlak. – fogta meg a vállam.

– Én is nagyon. – pirultam el.

– Van kedved táncolni? – fogta meg a kezem.

– Igen van. – feleltem. Oda sétáltunk a táncparkett közepére, és kezeimet a vállára helyeztem. Benett óvatosan közelebb húzott magához, és a kezeit a derekamra tette. Abban a pillanatban egy kellemes érzés fogott el. Úgy éreztem mostantól megváltozik minden, és Benett– nek fontos szerepe lesz az életemben. El sem hiszem, hogy vissza sodorta hozzám az élet. Egyetlen egyszer láttuk meg egymást, és csak egy pillanat volt az egész. Most meg már összebújva táncolunk.

Hihetetlen volt ez számomra, őt nekem szánta a sors. A fejét közelebb tette az enyémhez, és gyengéden az arcomra tette a kezét. Egy pillanatra találkozott a tekintetünk. Utána mikor már majdnem összeértek az ajkaink, becsuktam a szemem, és elcsattant egy igazi szerelmes csók. Egész életemben erre vágytam, hogy megtudjam milyen is az igaz szerelem. Már az első találkozásunk napján, egymásba szerettünk. 2016. Január 10.

Már három éve dolgozom, a Lahoralex nevű esküvői ruha szalonban. Minden tökéletes volt.

Egészen addig, amíg egy rég nem látott személy, fel nem tűnt újra az életemben. Lori lett az új munkatársam. Ránéztem, és feltörtek az emlékeim. Gyűlöltem őt, hogy miatta kellett gyógyszereket szednem, és ő meg ép bőrrel megúszta a dolgokat, amiket tett velem. Úgy gondoltam kénytelen leszek, segítőkész, és kedves lenni vele.

Nem voltam benne biztos, hogy jól emlékszem arra a napra, amikor Lori rám ijesztett. De azt tudom, hogy az egész életemet vissza nézve, traumát okozott.

– Szia Lana, örülök hogy látlak. – nézett rám, gúnyosan.

– Szia én is nagyon. – ironizáltam.

– Emlékszel milyen jóban voltunk? – kérdezte.

– Hát persze. – nevettem el magam.

– Na és még depressziós vagy? – kérdezte.

– Nem, minden rendben van az életemben. – válaszoltam.

– Komolyan? – kerekedtek ki a szemei.

– Igen, emlékszel Benett– re? – mosolyogtam.

– Persze, akit még nem sikerült megszereznem. – rám kacsintott.

– Hát most már nem is fogod, mert már három éve együtt vagyunk. – néztem rá merev tekintettel.

– És már egy éve össze is költöztünk. – fűztem hozzá.

– Azta, hát örülök nektek. – lepődött meg.

– Köszi. – válaszoltam.

– Megismerném őt jobban. – húzta fel a szemöldökét.

– Hát sokat dolgozik, szóval sajnos nem lesz rá alkalmad. – jelentettem ki.

– Mit dolgozik? – kérdezte.

– Autószerelő. – válaszoltam.

– Na hát, az jó. – vonta meg a vállát.

– Akkor elviszem majd hozzá a kocsimat. -tette hozzá.

– Na jó, tudod mit nem akarom, hogy megismerd. – mordultam rá hirtelen.

– De hát miért? – keseredett el.

– Mert nem. – szóltam erélyesen.

– Oké, értettem. – gúnyolódott.

Ellenséges voltam, mert féltem tőle. Attól az embertől akiben tudtam, hogy valami más is lakozik. Nem voltam őrült, csak nem volt erőm magamnak sem beismerni amit láttam, és ami történt akkor este. 2018. Június 10. Besétáltam Leon irodájába.

– Foglalj helyet, Maria. – mutatott a székre.

– Rendben. – leültem.

– Na és miről szeretnél beszélni? – hátra dőlt a székben.

– Azt gondolom, hogy ki kellene nyitnunk újra, a Svetlana aktát. – kersztbe tettem a lábaim.

– Hát ez érdekesen hangzik. – vakarta meg a fejét.

– Igen, tudom. – mondtam.

– Csak hogy úgy érzem, nincs lezárva az ügy. – néztem rá merev tekintettel.

– Hát nem is tudom Maria. – kulcsolta össze a kezeit.

– Mire gondolsz pontosan? – kérdezte.

– Arra, hogy szerintem nem Lana volt a gyilkos. – bátorkodtam kijelenteni.

– Miért azóta találtál más gyanúsítottat? – nevetett fel.

– Még nem, de úgy érzem találnék. – válaszoltam.

– Szóltál erről Matteo– nak? – kérdezte.

– Igen. – bólogattam.

– És ő mit mondott? – vonta össze a szemöldökét.

– Hát nem nagyon érdekelte. – félre húztam a számat.

– Nem akarok szőrös szívű lenni, de engem sem érdekel, sajnálom. – nézett a földre.

– Nézz a szemembe, és úgy mondd. – kiáltottam fel.

– Mi ütött beléd? – keredtek ki a szemei.

– Semmi, sajnálom. – sóhajtottam.

– Oké, de ha most megbocsátasz, nekem dolgom van. -tessékelt ki az irodából. Hogyan tudnám bebizonyítani, hogy valóban sántít a Svetlana ügy? Így hogy senki nem áll mellém, nagyon nehéz lesz. Bementem az irodába, és elkezdtem a munkámra koncentrálni. Megpróbáltam kizárni, minden mást az életemből. Egész napot végig dolgoztam, úgy hogy ne gondoljak Lana történetére. 2017. Június 21.

Benett egy hónapja már, hogy megkérte a kezem egy gyertyafényes májusi estében. Azóta is nagy az öröm, és a boldogság. Két hónap múlva lesz az esküvőnk. Mindenki készülődik már a nagy napra. Ahogyan én is. Csokoládé torta lesz, és a tetején marcipánok. Az esküvő egy kis családi körben lesz megtartva, Benett– nek a szülei háza melletti tónál. A menyasszonyi ruhám, olyan mintha egy hercegnő lennék. De még nem most van az a nap, ezért indulnom kell dolgozni. Amikor beértem a munkahelyemre elgondolkoztam. Azután arra a döntésre jutottam, hogy mivel már újra barátnők voltunk Lori– val egy jó ideje, megkérem hogy legyen ő a koszorúslány az esküvőmön.

Eredetileg Stacy lett volna, de ő elköltözött az újságírói állása miatt, egy másik országba. Lori azóta már bebizonyította, hogy félreismertem őt. Egy nagyon rendes lány. Igaz hogy elég sokat ivott, de már nem csinált olyan rossz dolgokat mint akkoriban. A vodkáról leszokott, és a vörösbor lett a kedvence.

– Szia Lori. – indultam felé.

– Szia, miújság? – kérdezte.

– Arra gondoltam, hogy lennél a koszorúslány az esküvőnkön? – néztem rá mosolyogva.

– Igen. – válaszolta. Annyira megörültem, hogy a nyakába ugrottam, és ölelgettem. Ő egy kissé furcsán reagált erre az egészre. Azt mondta rosszul van, és haza kéreckedett a főnöktöl. Aggódtam érte, de azért meg is voltam ijedve, hogy vajon miért nem örült a boldogságunknak Benett– el.? Amikor délután négy órakor végeztem a munkahelyen, és hazafelé indultam, megláttam az utcán kóborolni Lori-t, egy üveg borral a kezében. Mi lehet már megint vele? Azt gondoltam ez csak egy átmeneti időszak nála, és nem fog sokáig tartani. Szerettem volna segíteni rajta, de nem engedte.

Minden egyes alkalommal amikor segíteni próbáltam, ő ellökött magától.

Nem tudtam, hogy miért akarta így tönkre tenni magát. Azt sem értettem, hogy mi miatt szenvedett. Mindig azt hittem, hogy jól ismerem Lori-t, de mint kiderült egyáltalán nem is ismerem. Ő soha nem lesz olyan barát, mint amilyen én vagyok neki? Még az esküvőnk előtt, Benett– et elég gyakran hívta valaki telefonon. És minden telefonos beszélgetés után, zaklatott lett. Nekem pedig előjött a féltékeny énem. Megfordult a fejemben, hogy ha ennyire titkosak azok a hívások, lehet hogy megcsal engem. Minden esetre bíztam benne, és sosem kérdeztem rá arra, hogy kivel beszélt nap mint nap. Egészen az esküvőnk napjáig. Minden rendben volt, egyszerűen meseszép volt az esküvőnk. Megvolt a szertartás, a gyűrűk, az igenek, és eldobtam a menyasszonyi csokromat is. Ott volt Lori is, és ő kapta el a csokrot. Abban a pillanatban, nagyon mérgesen nézett rám. Egy percig azért megdermedtem. Rám jött egy hirtelen szerű pánik roham remegni kezdtem, és elájultam. Amikor magamhoz tértem, már a nászúton voltunk. Egy kis faházba mentünk, ami mellett gyönyörűszép tengerpart volt. Nagyon jól éreztük magunkat, pezsgővel koccintottunk kettőnkre. A jövőnkről beszélgettünk. Azután ezt a csodálatos estét, megzavarta egy telefonhívás.

Anyukám hívott, és aggódóan kezdte el magyarázni, hogy észrevette rajtam, hogy kezdenek megint előjönni a pszichés betegségem tünetei. Mondtam neki, hogy már minden rendben van az életemben, és nincsen semmilyen betegség ami elvehetne tőlem bármit is. Felidegesített, ezért rácsaptam a telefont. Ő nem tudott semmit, és észre sem vette, hogy nem voltam depressziós, csak egy trauma miatt többször estem pánikba, nem úgy mint más emberek. Zaklatott állapotba kerültem, de szerencsére Benett ott volt mellettem, és meg tudott nyugtatni. Egymáshoz bújtunk, és utána csókolózni kezdtünk, mint egy porcelán babát, úgy bújtatott ki a menyasszonyi ruhámból. Miután a földre került a ruhám, ő is levetkőzött, és egymásnak estünk. Egyre hevesebben csókolóztunk, éreztem a teste melegét, ahogyan a vágy, és a szerelem fűtött minket. Forróság járta át a testünket, már szinte lángoltunk.

Simogatta az arcomat, a lábaimat. Csókolgatni kezdte a nyakamat, és egyenesen lefelé haladva a testemen keresztül végig mindenhol. Kis idő elteltével megpecsételtük a szerelmünket. szeretkeztünk. Romantikus, és meghitt volt az a pillanat. Bárcsak sosem ért volna véget, az a csodálatos éjszaka. 2018. Június 15.

Már jó ideje nem gondoltam a Svetlana ügyre. Addig amíg egy napon fel nem hívott Doktor Natasa Ivanov, aki Svetlana pszichiátere volt. Azt mondta Lana az eddigi mesélései alapján, úgy tűnik nem is biztos hogy beteg. Vagy ha igen, akkor sem hiszi, hogy többszörös személyiségzavara van. Depresszióra gyanakszik, a múltban történt traumák miatt. De az is elképzelhető, hogy utána lett ilyen, miután bekerült a kórházba. Mert gyógyszerezték is, és ráadásul közben még gyilkosnak is hiszi magát. Megkérdeztem, hogy ő is úgy gondolja– e, hogy még nincsen lezárva ez az ügy. És szerencsére ő is így gondolta. Megegyeztünk a doktornővel, hogy senkinek sem szólunk erről. Addig amíg nem lesz bizonyíték arra, hogy Lana nem egy gyilkos. Visszamentem a köpcös, kopasz, modortalan főnökömhöz.

Elmondtam neki, hogy nem érdekel mit gondol, én akkor is bízom a megérzésemben, ezért újra nyomozni kezdek a Svetlana ügyben. Persze nem ment ez ilyen könnyen, valóban kényszer szabadságra küldött, ahogyan ezzel már fenyegetőzött korábban is. De azt még hozzá fűzte, hogy ha tényleg találok egy bizonyítékot, akkor vissza jöhetek a szabadságból. Már tényleg nagyon úgy éreztem, hogy igazam van, és nem kell sok hozzá, hogy Lana-t ki tudjam vinni a kórházból. Beszálltam a rendőr autóba, és elindultam a gyilkossági tetthelyre, ami ez esetben Lana otthona volt. Bementem, és körül néztem alaposan mindenhol. A konyhában, a szobában, és még a fürdőszobában sem találtam semmit.

Azután lementem a pincébe. Nos szerintem Lana, ennyire akkor nem lehetett megbolondulva, hogy a saját szerelmét lehurcolja a pincébe és megkötözze. Valami oka lehet hogy volt rá haragudni. De azt nem hiszem el, hogy lelőtte. Főleg azt nem tudom róla elképzelni, hogy utána magára hagyja, elvileg úgy, hogy véletlenül lőtte le. Alaposan mindent átnéztem, és végül mikor már majdnem feladtam volna, találtam egy fekete hosszú hajszálat a földön. Mivel Lana– nak sörétbarna, az anyjának pedig szőkésbarna a haja, ezért elképzelhető, hogy amit itt fogok a kezemben, ez a hajszál a valódi gyilkos tulajdonosa. Rohantam azonnal vissza a rendőrségre, és betettem az irodai fiókomba a bizonyítékot. Azután vissza hívtam Doktor Natasa-t, hogy megkérdezzem Lana– nak volt– e egy fekete hosszú hajú lány ismerőse. Megerősítette, hogy igen. És a nevét is elmondta, Lori Hill. Nem volt más dolgom, mint megkeresni ezt a nőt, és kideríteni mit keresett Lana lakásának a pincéjében.

2018. Június 17.

Reggel 7:00 óra. El sem hiszem, hogy Ethan, ki tudott hozni a kórházból.

Sétáltunk az ő háza felé, megegyeztünk hogy ha ki jutatt engem a kórházból, akkor hozzá kell költöznöm. Nem szeretem őt, de igazából nem volt gonosz ember, csak kissé túlzásba esett, és kisajátított magának. Megpróbáltam jól érezni magam, hiszen kint vagyok a friss levegőn a szabadban. Ethan és én?

Az igazság az, hogy én még mindig Benett– et szeretem, és ez tudom, hogy nem fog megváltozni. Vissza kaptam végre, a telefonomat és a jegygyűrűmet meg a többi személyes holmimat. Fel kellene hívnom Lori-t. Ő az egyetlen aki megmaradt nekem.

Anyám is elfordult tőlem, persze ez nem csoda, hiszen ő is kedvelte Benett– et, én meg tönkre tettem mindent. És most így én a gyilkos szabad lábon sétálgatok. Ethan nem tudom mit szeret bennem, de én a helyében azért nem akarnék egy olyan emberrel együtt élni, aki megölte a saját szerelmét. Bánat, és a bűntudat gyötört engem. Mikor oda értünk a házhoz, Ethan kinyitotta nekem az ajtót, és úriember módjára előre engedett. Körül néztem a lakásban, és érdekes módon tetszett amit láttam. A nappaliban a szoba közepén egy kihúzhatós kanapé állt, szemben vele egy modern televízió.

A konyha is nagyon otthonos volt, úgy gondoltam nem lesz rossz itt lakni. A fürdőszobában is rend, és tisztaság.

Azt hittem külön szobát kapok, de nem volt több szoba. Vele kell majd aludnom egymás mellett. Ennek nagyon nem örültem,

Benett– el aludtam legutóbb ezért most is így kellene lennie. Nagyon felzaklattam magam, nem akartam ott élni egy idegen emberrel, és megosztani vele az ágyamat, és az életemet is. De egyelőre nem volt más választásom, megpróbáltam elfogadni ezt a helyzetet. Jó képet vágtam hozzá, és nagy nehezen úgy tűnt, hogy működik.

– Mit fogunk enni? – néztem rá érdekelődően.

– Hát arra gondoltam, főzhetnénk együtt. – érintette meg az arcom. Nem akarok vele együtt főzni, mintha egy boldog pár lennénk. Eddig bírtam, nem megy ez nekem így tovább. Ez még csak az első nap volt, de több mint egy évig a kórházban élni nem volt könnyű. És most azután meg hirtelen kint a szabadban, ráadásul egy ismeretlennel, kissé ijesztő volt számomra. Roszszul lettem.

Elfeküdtem a kanapén, és becsuktam a szemem. Benett nélkül nem olyan volt kint lenni a szabadban, mint amilyenre emlékeztem. Nélküle úgy érzem, nem létezem. 2018. Június 20.

Érdekes volt számomra, hogy ezt a Lori Hill nevű lányt sehol nem lehet megtalálni. Olyan mintha egy nem létező ember lenne. De mégis olyan furcsa valami. Svetlana a kórházban mindig egy Amy nevű nőt emlegetett, de ha Natasa szerint sem őrült, csak félt valakitől akkor az a személy pedig nem más mint Amy. De elvileg a másik barátnőjét meg Stacy Goss– nak hívják. Aki szőke hajú, és még a neve sem egyezik. Lori pedig fekete hajú, de mégsem Amy a neve. Ez az ügy egyre érdekesebb. Rákerestem egy Amy Hill nevezetű személyre, és meglepett de volt találat rá. És a képen egy fekete hajú kék szemű lány volt. Elindultam a lányhoz, mikor megtaláltam a házat, és bekopogtam, egy ideig nem jött ki senki. Azután kinyitotta a képen való lányra hasonlító személy, az ajtót.

– Miben segíthetek? – nézett rám megijedve.

– Te vagy Amy Hill? – kérdeztem.

– Igen, én. – válaszolta.

– Ismered Svetlana Lawson-t? – kérdeztem.

– Nem hangzik ismerősen. – vonta meg a vállát. Látszott rajta, hogy hazudik ezért aztán eszem ágában sem volt kedvem abba hagyni a faggatását.

– És a Lori Hill ismerős név? – kérdeztem.

– Nem. őő. igen. – mondta zavarodottan.

– Na most melyik? – kérdeztem. Nem mondott rá semmit, egyszerűen elkezdett nevetni, és közben motyogott magában valamit. Nem tűnt normálisnak, ő róla már eltudtam képzelni, hogy megölte Benett Brown-t.

– Ismerte Benett Brown-t? – kérdeztem.

– Hát nem hinném. – elkezdett a hajával játszani. Bekellett keményítenem, mert ez a nő nem vette komolyan a kérdéseimet. Bosszantó volt, és idegesítő.

– Mit keresett Svetlana lakásában a gyilkosság napján? – szegeztem hozzá a kérdést. Megint nevetni kezdett, és nem válaszolt a kérdésemre. Ez így nem mehet tovább. Felidegesített, úgy hogy faképnél hagytam. Úgy döntöttem az ő vallomása nélkül is utána járok ennek az egésznek.

Visszamentem a rendőrségre, és ki kerestem Stacy Goss telefonszámát.

Amikor megtaláltam egyből felhívtam. Kicsöng.

– Haló? – szólt bele egy női hang.

– Stacy– vel beszélek? – kérdeztem.

– Igen. – válaszolta.

– Egy fontos ügyben telefonálok.

– Hallgatom. – mondta.

– Svetlana-t az egykori barátnőjét már több mint egy éve emberöléssel vádolják.

– Hogy micsoda. ? – akadt el a szava.

– Igen, és a férjét ölte meg, azt állítják, mert egyedül ő volt az egyetlen gyanúsított.

– Jézusom! – kiáltott fel.

– De én azóta újra nyomozni kezdtem ez ügyben, és találtam valakit aki elképzelhető, hogy az igazi tettes.

– Ki lenne az? – kérdezte.

– Amy Hill.

– Bocsánat, de nem Lori Hill? – kérdezte.

– Hát de. ezek szerint még nevet is változtatott.

– Lori nagyon gonosz, Lana– val miatta nem maradtunk jóba, mert ő mindenáron segíteni akart neki, én pedig menekültem előle. – magyarázta.

– Köszönöm ezzel sokat segített, majd értesítem a továbbiakról. – letettem a telefont. Elindultam Lori házához egy újabb kihallgatásra. 2018. Júnuis 20.

Már több napja csak itt szenvedek. Felhívom Lori-t. Kicsöng.

– Haló? – szólt bele a telefonba.

– Szia Lori, itt Lana. – mondtam.

– Mit akarsz? – kérdezte.

– Beszélni veled. – válaszoltam.

– Ugyan, és mégis miről? – kérdezte.

– Majd személyesen elmondom. – válaszoltam.

– Oké gyere a Qwersten hídhoz. – mondta.

9. FEJEZET

– Rendben indulok. – letettem a telefont. Levettem a hálóingemet, és iparkodva felöltöztem. Felvettem egy hófehér fodros nyári ruhát, és egy fehér színű virágmintás magassarkú szandált. Elindultam, útközben furcsa érzés fogott el mintha rossz előérzetem lett volna. Csak megyek az úton, és nézem ahogy az emberek, ilyen szép időben kézen fogva sétálnak, vagy ugyanígy egyedül mint én. Érdekes dolgok történtek velem, Lori roszsz volt hozzám mindig is. Már nem is emlékszem hogy lettünk újra jóba. Most meg mégis ő az egyetlen akire számíthatok, és aki talán most majd segítene rajtam. Fél órával később oda értem a hídhoz. Láttam, hogy Lori is ott állt, háttal nekem. Közeledtem felé, de ő még mindig csak a híd közepén volt. Körül néztem, és feltűnt hogy csak mi voltunk ott egyedül.

Gondoltam mennyi mindenről beszélhetnénk. Majd megérintettem a vállát, hogy jelezzem ide értem. Ezután ő meglökött, és azt mondta menjek innen. Nem értettem miért volt velem ilyen elutasító. Lassan lépkedve oda sétált a híd széléhez. Megfogta a korlátot, és úgy tűnt bele akar ugrani a vízbe. Nagyon megrémültem ezért aztán próbáltam szóval tartani.

– Mi a baj Lori?– mondd el kérlek! – kiáltottam fel.

– Hát nem emlékszel? – nézett rám szomorú arccal.

– Mire? – kérdeztem. Az esküvőd után pár nappal később átmentem hozzád teázni. Amikor nem figyeltél a poharadba tettem egy olyan kábító anyagot amitől teljesen kidőltél. Mikor haza ért hozzád Benett, megpróbáltam elcsábítani őt tőled, de nem akart engem, csak is téged szeretett. Annyira ideges lettem, hogy a fejéhez vágtam egy tárgyat ami a kezem ügyébe akadt. Azután az volt a tervem, hogy elszökünk együtt, de ő csak azért sem akart engem. Kiabált folyamatosan, én pedig hidegvérrel meghúztam a ravaszt. Ügyesen eltakarítottam magam után a nyomokat.

– Te pedig helyettem bűnhődtél ártatlanul. – nevetett fel.

– Igen, már emlékszem. Egy reggel felkeltem, és lementem a pincébe, Benett– et láttam lekötözve véresen.

Azután anyám ott talált engem így mellette. Amíg tartott a nyomozás, és nem voltam beszámítható állapotban, addig nem tudták, hogy börtönbe vigyenek– e, vagy az elmegyógyintézetbe. A temetés után a nyomozás lezárult, és bekerültem az elmegyógyintézetbe.

– Hogy tehetted ezt? – ordítottam.

Nem válaszolt rá, csak nevetni kezdett. Ott álltam a hídon, már minden világossá vált számomra. Rám nézett, és miközben tartotta a szemkontaktust megindult felém.

Dühösen nekem rontott, és megszorította a karomat.

Hát nem hiszem el, hol lehet ez a nő személy. körbe jártam a várost, amikor egyszer csak a Qwersten hídnál megláttam messziről két lányt dulakodni egymással. Azonnal igyekeztem a hídhoz, szedtem a lábaimat, oda kiabáltam, hogy eresszék el egymást. Hirtelen egy sikítást hallottam, mire már oda értem csak az egyikük volt a hídon. Fogtam a fejem, és egyszerűen nem akartam elhinni ami történt. Svetlana Lawson 2018. Június 20.-án, életét vesztette. Elkéstünk. Túl sokáig volt. *Hallgatás a múltban.* Lori Hill lelökte Svetlana Lawson-t a hídról. Lezuhant, és súlyos koponya sérülés okozta a halálát. Lori-t letartóztatták Benett Brown, és Svetlana Lawson meggyilkolása miatt. Később kiderült, hogy súlyos pszichés betegségben szenvedett, de már nem lehetett meggyógyítani, ezért bezárták élete végéig a bolondok házába. A temetésen nagyon sokan megjelentek akik szerették Lana-t. Dr. Anton Federov, Maria Wayn, Dr. Natasa Ivanov, Stacy Goss, Dr. Ethan Migels, és természetesen Benett, és Svetlana édesanyja is jelen voltak.

Svetlana Lawson sírja, Benett Brown mellett nyugszik. Benett, és Svetlana boldogan sétáltak el, egymás kezét fogva a fényben.

A szerző

Bertalan Csilla 1996. 05. 07-én született
Mosonmagyaróváron. Fodrász végzettsége van,
a könyv megjelenésének idején egy nemzetközi
cégnél dolgozik operátorként. Kedvenc időtöltése
az írás és a zenehallgatás, emellett szeret
szórakozni, táncolni. Hajadon, gyermeke nincs.

A kiadó

Aki feladja,
hogy jobbá váljon,
feladta,
hogy jobb legyen!

E mottó alapján a novum publishing kiadó célja
az új kéziratok felkutatása, megjelentetése,
és szerzőik hosszútávú segítése. Az 1997-ben
alapított, többszörösen kitüntetett kiadó az egyik
legjelentősebb, újdonsült szerzőkre specializálódott
kiadónak számít többek között Ausztriában,
Németországban és Svájcban.

**Valamennyi új kézirat rövid időn belül egy
ingyenes, kötelezettségek nélküli kiadói
véleményezésen esik át.**

További információkat a kiadóról és
a könyvekről az alábbi oldalon talál:

w w w . n o v u m p u b l i s h i n g . h u